Andreas Langer

Schule der Schatten –
Die lautlosen Kämpfer

Andreas Langer

Schule der Schatten

Die lautlosen Kämpfer

Mit Illustrationen
von Ulla Mersmeyer

cbj

Bei diesem Buch wurden die durch das verwendete Material
und die Produktion entstandenen CO_2-Emissionen ausgeglichen,
indem der cbj Verlag ein Projekt zur Aufforstung in Brasilien unterstützt.
Weitere Informationen zu dem Projekt unter:
www.ClimatePartner.com/14044-1912-1001

Penguin Random House
Verlagsgruppe FSC® N001967

1. Auflage 2021

Dieses Werk wurde vermittelt durch die Autoren- und
Projektagentur Gerd F. Rumler (München)
Lektorat: Hjördis Fremgen
Umschlaggestaltung: Alexander Kopainski
Innenillustrationen: Ulla Mersmeyer
hf · Herstellung: bo
Satz: Uhl + Massopust, Aalen
Druck: GGP Media GmbH, Pößneck
ISBN 978-3-570-17825-6
Printed in Germany

www.cbj-verlag.de

Isantaj ist kein großes Land. Zwei, vielleicht drei Wochen – länger braucht niemand, um es zu Fuß zu durchqueren. Und dabei spielt es keine Rolle, welche Richtung man einschlägt. Es kommt nur darauf an, was man am Ende der Reise sehen möchte.

Denn während Isantaj im Norden, Süden und Westen von Meer umgeben ist, findet man im Osten nur noch Berge. Und hinter diesen Bergen liegt Kazara, ein weitaus größeres und mächtigeres Reich, als Isantaj es je war.

Im Augenblick herrscht Frieden zwischen den beiden ungleichen Ländern. Doch das war nicht immer so. Und wie Ninja-Meister Okuse fürchtet, wird es auch nicht ewig so bleiben …

Die erste Lektion

Nori blinzelte einmal, zweimal. Spielten seine Augen ihm einen Streich? Wie es den Anschein hatte, taten sie das nicht. In nicht allzu weiter Ferne war wirklich jemand zu sehen. Nori warf seinen Rucksack wieder über seine Schulter und beschleunigte seine Schritte.

Sechs Tage war es nun her, dass er sein Heimatdorf verlassen hatte. Sechs Tage, in denen er weit mehr von Isantaj gesehen hatte als in den dreizehn Jahren zuvor. Aber je länger er über staubige Wege und an endlosen Reisfeldern vorbeigewandert war, umso einsamer hatte er sich gefühlt. Das letzte Dorf lag schon Tage hinter ihm und die letzte Begegnung beinahe ebenso lange. Aber das da vorne war wirklich und wahrhaftig ein Mensch. Ein Mensch, der auf einem Pferd ritt. Vor allem aber ein Mensch, den er nach dem Weg fragen konnte.

Nori war seinem Ziel schon sehr nahe. Das verrieten ihm die Berggipfel, die am Horizont hoch aufragten. Aber wohin genau er sich nun wenden musste, um sein Ziel zu erreichen, das wusste Nori nicht. Und was noch schlimmer war: Die Zeit drängte. Bis zum Abend musste er sein Ziel erreicht haben.

Der Mann, auf den er zügig zuging, war mittleren Alters und saß auf einer kräftig gebauten Stute. Auf dem Kopf trug er einen Strohhut. Bekleidet war er mit einem einfachen Kittel und einer grob gewebten Hose. Nori war erleichtert. Der Kleidung nach zu urteilen, hatte er einen Bauern vor sich. Und vor einem Bauern brauchte er sich nicht zu fürchten.

Nori dachte an seine Eltern. Auch sie waren Bauern, die ihre Tage mit dem Reisanbau und der Viehzucht verbrachten. Nori hatte nichts gegen dieses Leben. Aber er wollte nicht werden wie sein Vater. Er wollte werden wie sein Großvater.

»Seid gegrüßt, Herr«, sprach Nori den Mann an und verbeugte sich leicht.

»Ich grüße dich auch, mein Junge«, erwiderte der Fremde freundlich. »Sag, was führt dich in diese entlegene Gegend?«

»Ich suche einen bestimmten Ort«, sagte Nori. »Die Schule der Schatten.«

Der Fremde zog eine Augenbraue hoch und musterte ihn misstrauisch. »Die Schule der Schatten ... Warum suchst du sie?«

»Ich will ein Schatten werden. Genau wie mein Großvater«, platzte es aus Nori heraus.

»Hmm«, brummte der Mann und schwieg dann.

Nori fühlte sich auf einmal unsicher.

»Hast du denn eine Einladung in die Schule der Schatten bei dir?«, wollte der Mann wissen.

»Ja, die habe ich«, beeilte sich Nori zu sagen.

»Aber offenbar hast du sie nicht richtig gelesen«, antwortete der Fremde ernst. Dann schwang er sich aus dem Sattel. »Nun, in diesem Fall wird es Zeit für deine erste Lektion. Und die lautet: Sprich niemals mit Fremden über die Schule der Schatten! Niemals, hörst du!«

Die letzten Worte schrie er beinahe und Nori zuckte unwillkürlich zusammen.

Der Mann hatte recht. In Noris Einladung war ausdrücklich die Rede davon, dass er über die Schule der Schatten mit niemandem außer seinen Eltern sprechen dürfe. Und da stand auch, dass die Wegbeschreibung auf der Rückseite der Einladung einzig und allein für ihn bestimmt war – so geheim war dieser Ort, den er so dringend suchte.

Und eigentlich wusste Nori das auch. Er hatte das wenige, was auf dem Stück Papier stand, ja dutzendfach gelesen. Wenn nicht noch öfter. Doch er hatte es nicht beachtet. Nicht jetzt, da die Zeit mehr und mehr drängte und seine Zweifel, ob er auf dem richtigen Weg war, von Minute zu Minute wuchsen.

Der nur für ihn bestimmten Wegbeschreibung zufolge befand sich die Schule der Schatten in einem kleinen Tal zwischen mehreren Bergen. Die Frage war nur: zwischen welchen Bergen?

Auf einmal kam Nori ein Gedanke. Der Fremde hatte von seiner ersten Lektion gesprochen. Die erste Lektion … Bedeuteten diese Worte womöglich, dass die einfache Kleidung des Mannes nur eine Tarnung war? Könnte dieser Mann in Wahrheit gar kein Bauer sein, sondern der Ninja-Meister, von dem ihm einst sein Großvater erzählt hatte und den er nun so dringend suchte?

Nori schaute sein Gegenüber mit großen Augen an. »Seid Ihr Sensei Okuse?«

Der Mann erwiderte seinen Blick. Dann verfiel er in schallendes Gelächter. »Ob ich der Sensei bin? Das ist gut!«, prustete er los. »Das ist wirklich gut!«

Schlagartig verfinsterte sich Noris Miene.

»Tut mir leid«, entschuldigte sich der Fremde, noch immer lachend. »Aber für den Sensei hat mich noch niemand gehalten.« Belustigt schüttelte er den Kopf. »Ich bin Kuro, ein einfacher Pferdezüchter.«

Nori wäre am liebsten im Boden versunken. Er ärgerte sich maßlos über seine dumme Vermutung und seine dämliche Frage.

»Doch wie es der Zufall will«, sagte Kuro, noch immer grinsend, »bin ich ein guter Bekannter von Sensei Okuse.«

»Ihr kennt ihn also?« Nori schöpfte neue Hoffnung.

Kuro nickte. »Das tue

ich. Aber sag mir erst, wie du heißt, mein junger, unbedachter Freund.«

»Nori. Ich heiße Nori.«

»Gut, dann hör mir zu, Nori.« Kuro wurde mit einem Mal wieder ernst. »Was ich vorhin gesagt habe, würde dir auch Sensei Okuse sagen: Sprich niemals mit einem Fremden über diesen Ort, den du zu finden hoffst. Niemals!« Er sah Nori eindringlich an. »Die Schule der Schatten liegt nicht ohne Grund zwischen Bergen versteckt. Sie soll nicht gefunden werden, verstehst du? Jedenfalls nicht von Leuten, die dort nichts zu suchen haben.« Er musterte Nori aufs Neue. »Aber ich nehme an, das gilt nicht für dich. Wärst du so freundlich, mir deine Einladung zu zeigen?«

Nori zögerte. »Nein«, antwortete er dann, »sie ist nicht für Euch bestimmt.«

Kuro lächelte zufrieden. »Gut, wie ich sehe, hast du aus deinem Fehler von eben gelernt. Aber keine Sorge, ich will nicht lesen, was auf der Einladung steht. Ich will nur die Unterschrift des Senseis sehen. Den Rest kannst du gerne mit deinen Händen abdecken.«

Nori überlegte. »Kennt Ihr denn die Unterschrift des Senseis?«

»Allerdings«, gab Kuro zur Antwort. »Ich würde sie unter Tausenden erkennen.«

Nori entschloss sich, Kuro beim Wort zu nehmen. Er schnallte seinen Rucksack ab und holte das mittlerweile schon reichlich zerknitterte Stück Papier hervor.

Ein Bote hatte es ihm vor etwa zwei Wochen überbracht. Zunächst war Nori felsenfest davon überzeugt gewesen, dass es sich um einen Irrtum handelte. Dass der große, dürre Mann, der auf einem Maultier dahergeritten kam, schlichtweg das falsche Haus erwischt hatte. Doch dann hatte Nori seinen Namen auf dem Papier gelesen und wäre fast in Ohnmacht gefallen. Die Botschaft war wirklich für ihn bestimmt gewesen – und sie war nicht weniger als eine Einladung in die Schule der Schatten. Nie zuvor in seinem Leben war Nori so stolz gewesen.

Am liebsten wäre er auf der Stelle aufgebrochen. Doch zuerst hatte er seine Eltern überzeugen müssen. Sein Vater und seine Mutter hatten ihn nicht gehen lassen wollen. Ein Leben als Bauer sei keine Schande, hatte sein Vater gesagt. Aber Nori war nicht umzustimmen gewesen, und schließlich hatten seine Eltern eingesehen, dass es keinen Zweck hatte.

Und nun stand er hier, am Rande von Isantaj, und hielt einem Pferdezüchter jenes Papier hin, das innerhalb von wenigen Tagen sein ganzes Leben auf den Kopf gestellt hatte.

Wie Kuro ihm geraten hatte, deckte Nori die Vorderseite der Einladung so mit den Händen ab, dass nur der Name von Sensei Okuse zu sehen war.

Kuro warf einen Blick darauf und nickte sofort. »Das ist die Unterschrift des Senseis. Du kannst die Einladung wieder wegstecken.«

Nori gehorchte.

»Ich bin noch nie dort gewesen, in der Schule der Schatten«, sagte Kuro nachdenklich. »Ich weiß auch nicht, wo genau sie liegt. Aber eines weiß ich: Du bist deinem Ziel näher, als du glaubst.«

»Tatsächlich?« Noris Augen weiteten sich.

»Tatsächlich«, sagte Kuro ernst. »Aber du musst dich sputen, Nori. Du weißt, dass der Unterricht morgen beginnt?«

»Ja«, sagte Nori mit gesenktem Blick, »das weiß ich.« Dann sah er mit einem Mal vom Boden auf. »Aber woher wisst Ihr das?«

»Nun ja, ich bin ein guter Bekannter von Sensei Okuse«, wiederholte Kuro. »Er reitet eines meiner Pferde. Und seine Schüler tun dasselbe – zum Unterricht in der Schule der Schatten gehört nämlich auch das Reiten.« Dann sagte er erst einmal nichts mehr, sondern kratzte sich ausgiebig am Kinn.

»Na schön«, murmelte er schließlich, »das habe ich zwar noch nie getan, aber es gibt ja für alles ein erstes Mal, nicht wahr, Nori?«

»Ich verstehe nicht, was Ihr meint«, sagte Nori ehrlich.

»Natürlich nicht«, erwiderte Kuro schmunzelnd. »Aber das wirst du bald.« Er klopfte ihm kameradschaftlich auf die Schulter. »Komm mit, ich bringe dich auf den rechten Weg.«

Als sie am Fuß des lang gezogenen Bergrückens angekommen waren, blieb Kuro unvermittelt stehen. Nori verstand nicht recht, warum. Vor ihnen befand sich lediglich dichtes Gebüsch. Doch dann schob Kuro die Zweige eines Bambusstrauches zur Seite und ein schmaler Trampelpfad kam zum Vorschein.

»Wie ich schon sagte, Nori …« Kuro lächelte. »Du bist deinem Ziel näher, als du dachtest.«

»Hier muss ich hoch?«, fragte Nori ungläubig.

»Das ist dein Weg«, sagte Kuro und deutete auf den schmalen Pfad, der sich zwischen Sträuchern und Bäumen versteckt nach oben schlängelte. »Nicht, dass ich ihn schon einmal gegangen wäre. Aber ich weiß, dass er dich an dein Ziel bringen wird. Und das«, sagte Kuro ernst, »ist mehr, als die meisten wissen.«

Nori blickte zum Gipfel. »Kann ich sie von dort oben sehen, die Schu…« Er hielt inne. »Kann ich den Ort, den ich suche, von dort oben sehen?«

»Das weiß ich nicht, Nori«, erwiderte Kuro. »Aber ich nehme an, dass du mein kleines Haus sehen kannst, wenn du zurück nach Norden schaust. Es liegt unweit der Landstraße nach Kazara.« Er machte eine Pause. »Obwohl Tausende Stablängen zwischen uns liegen, sind Sensei Okuse und ich doch gewissermaßen Nachbarn. Außer uns hat sich niemand hier im Nirgendwo niedergelassen.«

»Ich werde Ausschau halten nach Eurem Haus«, versprach Nori. »Und vielen Dank. Für alles.«

Kuro nickte ihm freundlich zu, dann stieg er auf sein Pferd.

»Ich denke, wir werden uns wiedersehen.« Ohne ein weiteres Wort galoppierte er davon.

Nori blickte ihm noch eine Weile nach, dann bog er auf den versteckten Pfad ein. In gewisser Weise war er stolz, dass er die Wegbeschreibung doch richtig gedeutet hatte und nicht blind durch die Gegend geirrt war. Andererseits musste er sich eingestehen, dass er diesen versteckten Pfad ohne Kuro wohl nicht gefunden hätte. Er musste aufmerksamer werden, so viel stand fest.

Nori setzte Fuß vor Fuß, während er seinen Gedanken nachhing und über das grübelte, was hinter ihm lag, und das, was kommen würde. Als er schließlich den Gipfel erreichte, blickte er gespannt nach unten. Doch von der Schule der Schatten war noch nichts zu sehen, zu hoch ragten die Nadelbäume auf dieser Seite des Berges auf.

Nori wollte schon weitergehen, als er sich der Worte des Pferdezüchters erinnerte. Er schaute in die Richtung, aus der er gekommen war, und konnte tatsächlich die Landstraße sehen, die in der einen Richtung tiefer nach Isantaj und in der anderen Richtung nach Kazara führte. Aus dieser Entfernung war die Straße nicht mehr als ein langer, dunkelgelber Strich, der im Osten zwischen den Bergen verschwand.

In der Nähe dieses Strichs, nicht weit von den Bergen, befand sich ein kleiner schwarzer Punkt. Das musste Kuros Haus sein. Sie würden sich wohl wiedersehen, hatte Kuro gesagt. Nori hoffte, dass der Pferdezüchter recht behalten würde. Er hoffte, dass seine Schulzeit nicht schon vorbei sein würde, wenn die anderen mit dem Reitunterricht begannen. Und er hoffte, dass er das Zeug mitbrachte, um ein Ninja zu werden.

Nachdenklich machte er sich an den Abstieg. Eine ganze Weile verlief der Trampelpfad zwischen hoch aufragenden Sicheltannen und Bergkiefern. Schließlich aber lichtete sich der Bewuchs. Stellenweise machten die Bäume Platz für dichte, aber niedrige Sträucher, die den Blick freigaben auf das, was sich weiter unten befand.

Eingerahmt von Bergen lag ein kleines Tal, in dem sich grüne Wiesen mit sorgsam angelegten Reisfeldern abwechselten. Und inmitten des Grüns befanden sich einige Gebäude. Das musste sie sein, die Schule der Schatten.

Nori fragte sich, wie viele Menschen wohl von diesem Ort wussten. Oder vielmehr: wie wenige. Denn um zu ahnen, was sich zwischen diesen Bergen verbarg, musste man schon einen von ihnen erklimmen – und dazu hatte in dieser abgelegenen Gegend wohl niemand einen Grund. Nori verstand augenblicklich, warum Sensei Okuse dieses Tal für seine Schule gewählt hatte. Für einen Ort, der geheim bleiben sollte, gab es wohl kaum einen besseren Platz.

Jetzt, wo er sein Ziel endlich vor Augen hatte, hielt Nori nichts mehr – außer den eigenen Zweifeln, die tief in ihm steckten. Würde er sich als gut genug erweisen? Hatte er, wie er glaubte, das Talent seines Großvaters geerbt? Oder wäre er doch besser beraten, wie sein Vater Felder zu bestellen? Nori schluckte. Hier oben, auf dem Berg, würde er die Antworten auf seine Fragen nicht finden, sondern nur dort unten im Tal. Er gab sich einen Ruck und ging weiter. Seine Gedanken kreisten ausschließlich um sein Ziel, dem dorthin führenden Weg schenkte er kaum Beachtung. Und so übersah er eine aus dem Boden ragende Wurzel, blieb hängen, verlor das Gleichgewicht und kippte vornüber.

Der plötzliche Schmerz in seinem rechten Knie ließ Nori laut aufschreien. Mit seiner Kniescheibe war er auf einen spitzen Stein aufgeschlagen. Nach einer Schrecksekunde rappelte er sich langsam auf und krempelte vorsichtig seine Baumwollhose hoch. Sein Knie war noch nicht geschwollen, blutete jedoch ziemlich stark.

Nori ärgerte sich über sich selbst. Schon wieder war er nicht aufmerksam genug gewesen. Er hatte sich in Gedanken verloren, statt auf den Weg zu achten. Fluchend und schimpfend drückte er den Stoff seiner Hose auf die Wunde, bis sie endlich aufhörte zu bluten. Dann setzte er seinen Weg fort. Diesmal achtete er auf jede Wurzel und jeden Stein. Keine Bodenunebenheit entging ihm.

Dafür entging ihm etwas anderes, weitaus Wichtigeres. Dass er nicht allein war, merkte Nori erst, als er etwas Hartes an seinem Rücken spürte.

»Keinen Schritt weiter!«, zischte jemand hinter ihm. »Und keine falsche Bewegung!«

Falsche Erwartungen

Noris Herz schlug ihm bis zum Hals. Er hatte keinen Schimmer, was das für ein Ding war, das er an seinem Rücken spürte. Er wusste nur, dass er überrumpelt worden war. Der Stimme nach zu urteilen, von einem Mädchen.

»Was hast du hier verloren?«, fragte die Unbekannte. »Verfolgst du mich?«

»Ich dich? Nein! Ich bin auf dem Weg zur Sch…«

Im letzten Moment erinnerte Nori sich an die mahnenden Worte des Pferdezüchters. Es hatte nicht viel gefehlt und er hätte sich abermals verplappert.

»Ich bin auf dem Weg zu einem Schweinehändler«, verbesserte er sich.

»Und diesen Schweinehändler suchst du hier in den Bergen?« Die Unbekannte gab ein grunzendes Geräusch von sich. »Ein seltsamer Ort, um Handel zu treiben.«

»Ich suche ihn nicht hier in den Bergen«, sagte Nori schnell. »Sondern jenseits davon. In Kazara.«

»Na, da hast du dir aber einen beschwerlichen Weg ausgesucht«, entgegnete das Mädchen. »Weißt du denn nicht, dass es weiter nördlich eine Landstraße gibt?«

»Doch, natürlich! Es ist nur … Weißt du, ich …« Nori fiel nichts mehr ein. Jedenfalls nichts, was sich glaubwürdig anhörte.

»Spar dir die Mühe. Ich weiß, wo du hinwillst«, sagte das Mädchen, das jetzt regelrecht vergnügt klang. »Du willst zur Schule der Schatten. Genau wie ich.«

Nori drehte sich ruckartig um. Das Ding, das er an seinem Rücken gespürt hatte, hatte er ganz vergessen. Doch jetzt sah er, dass es sich nur um einen einfachen Holzstock handelte, der nicht einmal spitz war. Das Mädchen, das ihn in der Hand hielt, grinste ihn fröhlich an.

»Du hast auch eine Einladung in die Schule der Schatten bekommen?« Nori war gleichermaßen erleichtert wie verblüfft.

»Allerdings«, sagte das Mädchen mit fester Stimme. »Bist du beim Abstieg gestürzt?« Sie zeigte auf die blutige Stelle an Noris Hose.

»Ja, ich … Ich bin über eine Wurzel gestolpert«, gestand Nori. Er musterte das Mädchen, das ihn so mühelos überrumpelt hatte. Sie war nicht so groß wie er, musste aber in seinem Alter sein. Ihr rotbraunes Haar trug sie zu einem Kranz geflochten und ihre blassen Wangen waren übersät von kleinen Sommersprossen.

»Ich habe deinen Aufschrei gehört«, sagte das Mädchen.

»Deshalb habe ich mich in den Büschen versteckt. Ich wollte wissen, wer mir da auf den Fersen ist.« Sie betrachtete den Holzstock, den sie immer noch in der Hand hielt. »Aber als ich dich dann gesehen habe, war ich mir ziemlich sicher, dass ich von dir nichts zu befürchten habe.«

Nori machte ein beleidigtes Gesicht. Das wollte er nun auch nicht hören. War er denn so wenig furchteinflößend?

»Versteh mich nicht falsch«, schob das Mädchen hinterher. »Aber du bist ungefähr so alt wie ich – was solltest du in dieser entlegenen Ecke Isantajs suchen, wenn nicht die Schule der Schatten? Und ja, ich weiß, dass man über sie nicht mit Fremden sprechen soll. Aber so wie die Dinge stehen, sind wir uns ja nun nicht mehr fremd, oder?«

»Ich schätze nicht«, sagte Nori nachdenklich. »Eines verstehe ich aber nicht. Wenn du dir sicher warst, dass ich auch zur Schule der Schatten will – warum hast du mir dann einen Stock in den Rücken gebohrt?«

»Ich wollte herausfinden, ob ich es schaffe, mich unbemerkt an dich heranzuschleichen.« Das Mädchen zuckte mit den Schultern. »Schließlich sind wir ja beide hier, um Schatten zu werden, nicht wahr?«

Nori schluckte. Indem dieses Mädchen ihn so unbemerkt

überrumpelt hatte, hatte es ihm einen weiteren Dämpfer verpasst. Wie es aussah, würde er weit mehr zu lernen haben als sie.

Das Mädchen schien seine Gedanken zu erraten. »Mach dir nichts draus. Schon bald wirst du derjenige sein, der sich heimlich an andere anschleicht.« Sie nickte ihm aufmunternd zu. »Ich bin übrigens Asa. Und wie heißt du?«

»Nori.«

»Gut, Nori, was hältst du davon, wenn wir weitergehen? Morgen beginnt unser Unterricht. Und ich brauche dir wohl nicht zu sagen, dass wir nicht zu spät kommen sollten!«

Gemeinsam setzten sie ihren Weg fort. Asa war schon seit zwölf Tagen unterwegs. Sie stammte aus der fruchtbaren Gegend nordöstlich von Nyaka, Isantajs Hauptstadt, die im Westen des Landes lag. Sie erzählte von ihrer Reise und auch ein wenig von ihrem Vater, einem Ninja, der vor vielen Jahren selbst die Schule der Schatten besucht hatte.

Nori fragte ihr Löcher in den Bauch, aber über ihre künftige Schule wusste Asa nicht mehr als er: Ihr Vater hatte sie bewusst im Unklaren darüber gelassen, was sie dort genau erwartete.

»Hat er dich in Ninja-Fertigkeiten unterrichtet?«, wollte Nori wissen.

»Mein Vater? Nur im Reiten. Er ist selten zu Hause.« Asa

lächelte traurig. »Das bringt das Leben eines Schatten wohl mit sich.«

Nori nickte. Schatten führten kein Leben, das sich mit dem gewöhnlicher Leute vergleichen ließ. Nori hatte sicherlich weit mehr von seinem Vater gehabt als Asa. Doch während sein Vater ihm gezeigt hatte, worauf es beim Reisanbau und bei der Schweinezucht ankam, hatte Asa durch Erzählungen ihres Vaters bestimmt mehr über Ninja-Dinge gehört. Nori musste sich eingestehen, dass er neidisch war.

Die Tannen und Kiefern auf beiden Seiten des Trampelpfades machten nun immer häufiger Platz für Sträucher und Büsche. Nur noch selten ragte eine Wurzel aus dem Boden. Das Gelände flachte zunehmend ab und schließlich ließen Nori und Asa den Berg hinter sich. Sie standen am Rande des grünen Tals, das – mit Ausnahme einiger Ninja – wohl so gut wie niemand in Isantaj kannte. Nori ließ den Blick schweifen.

»Wer bestellt diese Reisfelder?«, wunderte er sich. »Sensei Okuse?«

Asa lachte. »Nein, ich denke nicht, dass unser Lehrmeister das selbst macht. Er wird Leute dafür haben.«

Noris Blick fiel auf die Gebäude, die inmitten von Reisfeldern und Wiesen lagen. Es handelte sich um vier Häuser und eine Scheune. Eines der Häuser war weitaus größer und höher als die anderen. In ihrer Bauweise aber unterschieden sie sich nicht. Sie alle waren aus Holz. An manchen Stellen waren die Außenwände mit Lehm verputzt, an anderen mit Bambus verkleidet. Und die steilen, mit Stroh gedeckten Dächer endeten erst knapp über dem Boden.

Nori schüttelte ungläubig den Kopf. Was sie hier sahen, waren Bauernhäuser. In Verbindung mit den Reisfeldern, die rundum angelegt waren, ähnelte dieser Ort seinem Heimatdorf weit mehr, als er sich je hätte träumen lassen.

»Ich habe mir die Schule der Schatten anders vorgestellt«, sagte er enttäuscht.

»Wie denn?«, fragte Asa.

»Ich weiß nicht. Anders als mein Zuhause.«

»Hier mag es aussehen wie fast überall in Isantaj«, sagte Asa nachdenklich. »Aber das bedeutet noch lange nicht, dass es auch wie überall ist.« Sie machte eine Pause. »Außerdem müssen wir auch etwas essen, Nori. Und wer keine eigenen Reisfelder hat, braucht Händler. Fremde.«

In dieser Hinsicht hatte Asa zweifellos recht. Dass sich die Schule der Schatten selbst versorgen musste, lag auf der Hand. Denn so waren Sensei Okuse und seine Schüler nicht auf andere angewiesen, ja sie brauchten nicht einmal Kontakt zu anderen. Und das wiederum machte es leichter, diesen Ort geheim zu halten.

»Außerdem sind gewöhnliche Häuser und Reisfelder eine hervorragende Tarnung.« Asa zeigte auf die Berge, die sie umgaben. »Sollte sich eines Tages doch einmal ein Spion aus Kazara auf einen dieser Gipfel verirren, dann sieht er hier nur einen einfachen Bauernhof.«

»Und schöpft keinerlei Verdacht«, murmelte Nori.

Asa nickte. »Ein Spion würde nie auf die Idee kommen, dass in diesen Bauernhäusern Ninja ausgebildet werden.« Auf einmal fing sie an zu strahlen. »So wie wir. Komm, unsere Schule wartet!«

Aufgeregt stürmte sie los. Eigentlich war der Weg noch zu weit, um ihn von hier aus rennend zurückzulegen, aber Asa kannte kein Halten mehr, und Nori ließ sich von ihrer Begeisterung anstecken.

Der Pfad, der zusehends breiter und ausgetretener wurde, führte mitten durch die kleine Siedlung. Dort angekommen, musste Nori erst einmal Luft holen. Schwer atmend nahm er seinen Rucksack ab und blickte sich um.

Auf der einen Seite des Weges befanden sich das größte der vier Häuser, die Scheune, ein Brunnen und ein Taubenschlag. Auf der anderen Seite waren die drei kleineren Häuser angeordnet. Aus einer Öffnung im Strohdach des mittleren Hauses drang dichter Rauch und durch ein Fenster strömte der Duft von frisch gebackenem Brot. Ein paar Hühner stoben gackernd auseinander. Unter dem gelben Blätterdach eines knorrigen

Gingkobaumes grasten ein Esel, ein wunderschöner Schimmel und zwei Maultiere, eines grau, eines dunkelbraun.

»Herzlich willkommen!« Aus dem Haus, in dem offenbar gerade Brot gebacken wurde, trat eine Frau. Ihr weißes Haar fiel offen auf ihre Schultern. Um die Hüfte hatte sie sich eine Schürze gebunden.

»Ich bin Jotta. Ich sorge dafür, dass hier niemand verhungert. Und noch für das eine oder andere mehr.« Die Frau lächelte und um ihre Augen und Mundwinkel zeigten sich zahlreiche Falten.

»Ich bin Asa«, stellte sich Noris Begleiterin vor.

»Und ich Nori.«

»Freut mich, euch kennenzulernen«, sagte Jotta, die noch immer lächelte. »Seid ihr hungrig? Es gibt Pilzsuppe und Reisbrot, frisch aus dem Ofen.«

»Das klingt wunderbar!«, erwiderte Asa.

»Das tut es, ja«, bestätigte Nori, dessen letzte Mahlzeit einige Stunden zurücklag.

»Na, dann folgt mir.« Jotta ging auf das Haus zu, aus dem sie gekommen war.

Nori stutzte. »Wollt Ihr denn gar nicht die Einladungsschreiben sehen, die uns Sensei Okuse geschickt hat?«

Jotta drehte sich zu ihm um. »Du brauchst mich nicht so förmlich anzureden, Nori. Und um deine Frage zu beantworten: Nein, ich will eure Einladungsschreiben nicht sehen. Einer der wenigen Vorteile des Älterwerdens ist es, dass man lernt, ehrliche Menschen von unehrlichen zu unterscheiden.« Abermals legte sich ein Lächeln auf ihre Lippen. »Und jetzt kommt, solange das Reisbrot noch warm ist.«

In Jottas Küche war kein Platz für Gäste. Allein die hölzerne Spüle, der Herd und der tönerne Backofen nahmen mehr als die Hälfte des Raumes ein. Außerdem standen noch überall Speisefässer und große Krüge mit Brunnenwasser herum und auch die Treppe ins Obergeschoss nahm hier ihren Anfang.

Nori und Asa waren daher froh, dass Jotta sie nach nebenan, in den Wohn- und Aufenthaltsraum des Hauses, bat. Sie nahmen auf Sitzkissen Platz und langten ordentlich zu. Jottas Pilzsuppe war herrlich sämig, das Reisbrot knusprig und noch immer warm. Jotta aß nichts, schien sich aber aufrichtig über den gesegneten Appetit ihrer Gäste zu freuen.

»Müssen wir denn niemandem etwas übrig lassen?«, fragte Nori, als er seine Suppenschale zum wiederholten Mal leer gelöffelt hatte.

»Nein, keine Sorge. Das größte Kompliment, das man einer Köchin machen kann, sind leere Töpfe und Teller.« Jotta schenkte Nori, ohne zu fragen, Suppe nach. »Und deshalb koche ich für Aki und Ikki gerne noch einmal.«

»Aki und Ikki«, fragte Asa.

Jotta lachte. »Nein, Aki und Ikki kümmern sich um unsere Reisfelder. Sie sind Zwillinge, wie ihr unschwer erkennen werdet.«

»Sind unsere Mitschüler denn noch gar nicht da?«, fragte Nori.

»Einer von ihnen schon. Aber genau wie ihr hat er gleich nach seiner Ankunft gegessen. Da waren die Reisbrote allerdings noch im Ofen.« Jotta machte ein bedauerndes Gesicht.

»Und was ist mit Sensei Okuse?« Asa schob sich ein großes Stück Brot in den Mund.

»Im Augenblick hilft der Sensei Aki und Ikki auf dem Feld«, entgegnete Jotta.

Nori war überrascht. Dass Sensei Okuse auch gewöhnliche Landarbeit verrichtete, hatte er nicht erwartet. »Heißt das, wir sehen ihn heute gar nicht mehr?«

»Ich schätze, das heißt es«, erwiderte Jotta. »Doch das braucht euch nicht zu grämen. Morgen früh, gleich nach dem Frühstück, wird euch der Sensei mit Freuden begrüßen. Und dann beginnt euer Unterricht.«

»Ist mir recht.« Asa schob die leere Suppenschale von sich weg und hielt sich den Bauch. »Heute bin ich eh zu nichts mehr zu gebrauchen.«

Jotta lachte. »Wie steht es mit dir, Nori?«

»Ich bin ebenfalls satt«, entgegnete er. »Vielen Dank für das Essen. Es hat wunderbar geschmeckt.«

»Das freut mich.« Jotta berührte erst seine und dann Asas Hand. »Ich denke, wir drei werden prächtig miteinander auskommen. Und nun«, sie erhob sich, »zeige ich euch eure Unterkunft.«

Nori und Asa folgten ihr nach draußen. Im Schatten des knorrigen Gingkobaums lag der Esel nun untätig auf dem Boden und blinzelte sie aus halb geschlossenen Augen an.

Nori verspürte das dringende Bedürfnis, es ihm gleichzutun und ebenfalls alle Glieder von sich zu strecken. Sechs Tage lang war er beinahe ohne Unterlass gelaufen – und jetzt, wo er sein Ziel erreicht hatte und sein Bauch voll war, überkam ihn die Müdigkeit mit voller Wucht.

»Euer Haus ist das vorderste«, erklärte Jotta. »Es ist ausschließlich für die Schüler bestimmt. Hier, im mittleren Haus«, sie zeigte hinter sich, »schlafen Aki, Ikki und ich.«

»Und wo wohnt Sensei Okuse?«, wollte Asa wissen.

»Dort.« Jotta deutete auf das letzte Haus in der Reihe, das zugleich auch das kleinste war.

»Was befindet sich dann in dem großen Haus gegenüber?«, sagte Nori.

»Diese Frage, Nori, solltest du dir für einen anderen Tag aufheben. Und für eine andere Person.« Jotta zwinkerte ihnen geheimnisvoll zu. »Ich schlage vor, ihr stellt sie dem Sensei. Aber vielleicht nicht gleich morgen.«

Die anderen

Stillschweigend kamen Nori und Asa überein, Jottas Rat zu folgen und nicht weiter nachzubohren, was sich in dem großen Haus befand. Stattdessen ließen sie sich von ihr zum Schülerhaus geleiten.

»Seid lieber leise«, riet sie ihnen, bevor sie die Tür öffnete. »Vielleicht schläft euer Mitschüler schon. Sein Name ist übrigens Tenzo.«

Sie lächelte ihnen noch einmal freundlich zu, dann wandte sie sich ab und ging zu ihrem eigenen Haus zurück.

Nori und Asa traten ein und fanden sich auf dem lehmigen Boden eines kleinen Vorraums wieder, in dem keine Möbel standen. Nori öffnete eine hölzerne Tür, hinter der er den Wohn- und Essbereich vermutete. Er hatte recht: Denn nun blickte er in einen einzigen, in keiner Weise unterteilten Raum. Er zog seine Sandalen aus und ging barfuß über die Strohmatten, mit denen weite Teile des Holzbodens bedeckt waren. In einer Ecke des Raumes gab es in einer Bodenvertiefung eine gemauerte Feuerstelle, in der Asche und verkohlte Holzreste lagen. Daneben war fein säuberlich Brennholz aufgestapelt. Um einen niedrigen Tisch in der Mitte des Raumes waren Sitzkissen angeordnet.

»Asa«, sagte Nori nachdenklich, »wie viele Schüler sind wir eigentlich?«

»Ich weiß es nicht«, erwiderte Asa, die gerade ein Wandgemälde betrachtete. »Warum fragst du?«

»Weil hier nur vier Sitzkissen liegen«, antwortete Nori.

»Das muss nichts bedeuten«, entgegnete Asa, die nur Augen für das Wandgemälde hatte. Es zeigte einen Ninja und all seine Ausrüstung.

Eine weitere Tür führte hinter das Haus, wo ein kleiner Anbau stand, in dem das Bad und die Toilette untergebracht waren. Nori warf einen flüchtigen Blick auf das Plumpsklo und ging in den Wohnbereich zurück. Dort hielt er auf die steile Treppe zu, die ins Obergeschoss führte. Obwohl er barfuß war, knarrten die Holzstufen bei jedem Schritt. Das laute Geräusch schreckte Asa auf. Endlich wandte sie den Blick von dem Bild ab.

»Jotta hat doch gesagt, wir sollen leise sein«, wisperte sie.

»Ich kann nichts dafür, das ist diese Treppe.« Nori blieb stehen und zuckte mit den Schultern.

»Lass mich mal.« Vorsichtig setzte Asa einen Fuß auf die erste Stufe.

Nori erwartete, dass sie knarrte, doch das tat sie nicht.

Asa lächelte. Dann setzte sie den anderen Fuß auf die zweite Stufe. Und anders als die erste, knarrte sie.

Diesmal lächelte Nori. »Siehst du«, sagte er nicht ohne Genugtuung, »dir ergeht es auch nicht besser.«

Asa machte ein beleidigtes Gesicht und polterte die Treppe hinauf. Nori musste sich beeilen, aus dem Weg zu kommen.

Der obere Stock bestand ebenfalls nur aus einem einzigen Raum, in dem sich nichts weiter befand als Betten und Schiebewände aus Papier, die im Augenblick nicht zugezogen waren. Auf dem vordersten Bett jedoch lag ein Junge mit strubbeligem, blondem Haar.

»Danke fürs Aufwecken. Ihr macht ja mehr Lärm als eine Herde Schafe.« Seine blauen Augen musterten Nori und Asa abfällig. »Seid ihr sicher, dass ihr in der Schule der Schatten richtig seid?«

»Ja, sind wir!«, sagte Asa bestimmt. »Bist du Tenzo?«

»Ihr habt also schon von mir gehört«, murmelte der Junge. »Ich nehme an, von der Alten mit den weißen Haaren.«

»Sie hat einen Namen«, entgegnete Asa. »Sie heißt Jotta.« Über die Frau, die sie so freundlich empfangen hatte, wollte Asa augenscheinlich nichts kommen lassen.

»Und wie heißt ihr Trampeltiere?«, fragte Tenzo.

Asa machte keine Anstalten, seine Frage zu beantworten. »Sag mal, bist du sicher, dass *du* hier richtig bist?«, konterte sie stattdessen. »Bis jetzt dachte ich immer, Ninja-Schüler wüssten sich zu benehmen.«

»Huia, das hat gesessen.« Tenzo setzte ein spöttisches Lächeln auf. Dann wandte er sich an Nori. »Kannst du auch sprechen?«

Nori schluckte. »Kann ich«, sagte er und gab sich Mühe, seine Stimme fest und sicher klingen zu lassen.

»Hervorragend«, sagte Tenzo. »Wärst du dann wohl so freundlich, mir eure Namen zu nennen. Deine Begleiterin antwortet ja nicht auf einfache Fragen.«

»Ich heiße Nori und das ist ...«

»Asa«, stellte sie sich selbst vor.

»So, da wir jetzt alle Freunde sind, bin ich so frei und suche mir einen anderen Schlafplatz.« Tenzo stand auf. »Ich glaube, ich nehme das Bett ganz hinten im Raum. Das ist am weitesten von der Treppe entfernt. Aus irgendeinem Grund habe ich das Gefühl, dass ihr sie nicht zum letzten Mal heraufgepoltert seid.« Tenzo packte seinen Rucksack und warf ihnen einen geringschätzigen Blick zu.

»Und du hältst dich wohl für etwas ganz Besonderes!«, zischte Asa.

Tenzo musterte sie. »Feuer hast du«, sagte er anerkennend. »Jetzt musst du nur noch lernen, dich leise zu bewegen. So wie ein richtiger Schatten.« Er lächelte verächtlich, dann steuerte er auf das hinterste Bett zu.

Diesmal ließ sich Asa nicht provozieren. »Morgen werden wir ja sehen, ob du nur große Töne spuckst oder ob auch etwas dahintersteckt. Ich tippe auf Ersteres«, sagte sie kühl.

Tenzo funkelte sie grimmig an und zog die Schiebewand aus Papier zu, die sich vor seinem Bett befand.

Nori ließ den Blick durch den Raum schweifen. »Wir sind zu viert«, sagte er dann. Die Zahl der Betten im Schlafraum und der Sitzkissen im Wohnraum ließ keinen anderen Schluss zu.

Hinter Tenzo schien die untergehende Sonne durchs Fenster und malte seinen Körper als Schatten auf das Papier der Schiebewand.

»Die Schule der Schatten«, murmelte Nori gedankenverloren. »Hoffentlich ist der vierte Schüler nicht wie Tenzo.«

Wie Nori schnell merkte, war der vierte Schüler nicht wie Tenzo. Die Treppe knarzte abermals, und kurz darauf stand ein Junge vor ihnen, dessen langes, schwarzes Haar ihm in Strähnen ins Gesicht fiel. Darunter verbargen sich grüne Augen, die denen von Nori einen Moment lang begegneten. Dann blickte der Junge schnell zu Boden. Wie aus dem Nichts tauchte ein Hund neben ihm auf.

Asa entfuhr ein Ton der Entzückung. »Das ist ein Shikoku-Hund, nicht wahr?«, sagte sie aufgeregt.

Der Junge nickte.

»Darf ich ihn streicheln?«, fragte Asa.

Der Junge nickte abermals und Asa ging freudestrahlend auf den Hund zu. Er reichte ihr etwa bis zum Oberschenkel und betrachtete sie mit wachem, aber sanftem Blick. Asa beugte sich zu ihm hinunter und strich ihm über das schwarz-weiße Fell. Der Hund genoss die Streicheleinheiten, aber sein Blick blieb wachsam.

»Wie heißt er?«, fragte Asa, ohne den Blick von dem Hund zu nehmen.

»Bax«, sagte der Junge.

»Und wie heißt du?«, fragte Nori.

»Ryu.«

Nori stellte sich und Asa vor und vergaß auch nicht, Tenzo zu erwähnen. Zu Gesicht bekam Ryu ihren gemeinsamen Mitschüler jedoch nicht. Wie es den Anschein hatte, stellte Tenzo sich schlafend. Dass er nicht wirklich schlief, verriet sein Schatten auf der Papierwand, der sich leicht, aber doch merklich bewegte.

»Welches ist mein Bett?«, fragte Ryu, ohne Nori oder Asa anzusehen.

»Wir haben uns gerade um das vorderste gestritten«, sagte Nori, behielt den Grund dafür jedoch für sich. Genau wie er wollte Asa nämlich möglichst weit weg von Tenzo schlafen.

Ohne etwas zu erwidern, ging Ryu auf das dritte Bett im

Raum zu und legte seinen Rucksack ab. Dann machte er sich daran, die Schiebewand zuzuziehen. Bax entzog sich Asas Streicheleinheiten und huschte durch die Lücke, ehe die Papierwand sich vollständig geschlossen hatte.

»Ryu?«, sagte Asa laut. »Alles in Ordnung?«

Doch es kam keine Antwort. Nori und Asa wechselten fragende Blicke. Keiner von ihnen sprach aus, was er dachte, aber Nori war sich sicher, dass Asa dasselbe durch den Kopf ging wie ihm: Dem ersten Eindruck nach hatten sie ziemlich seltsame Mitschüler. Der eine war eingebildet und herablassend, der andere wortkarg und zurückgezogen.

Asa zuckte mit den Schultern und legte ihren Rucksack auf das vorderste Bett.

»Moment mal«, sagte Nori, »wir haben doch noch gar nicht geklärt, wer wo …«

»Doch, haben wir hiermit.« Asa grinste. »Außerdem müsst ihr Jungen nebeneinander schlafen.« Sie schob Nori zum zweiten Bett und zog dann die Schiebewand zwischen ihnen zu. »Gute Nacht.«

»Gute Nacht«, sagte Nori nach kurzem Zögern.

»Gute Nacht, Trampeltiere«, kam es von ganz hinten. »Und gute Nacht, Hundejunge.«

Tenzo hatte also tatsächlich noch nicht geschlafen. Und immerhin hatte er ihnen eine gute Nacht gewünscht, wenn auch auf seine eigene, ziemlich abfällige Art.

Ryu hingegen blieb still.

Nori ließ sich aufs Bett fallen und dachte nach. Über den Ort, an dem er sich jetzt befand, über seine neuen Mitschüler und über das, was ihn am nächsten Tag erwarten würde.

Striche im Sand

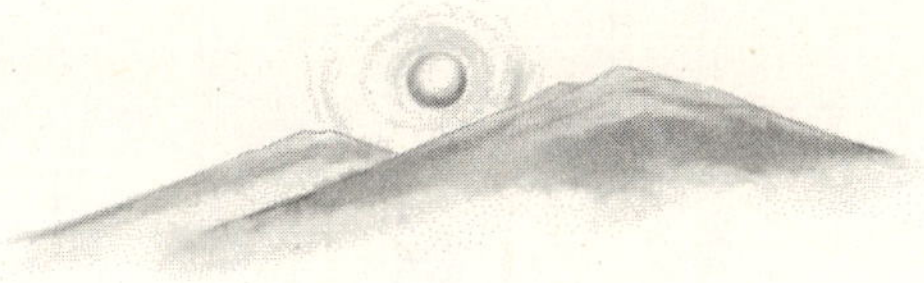

Als Nori aufwachte, schien schon das erste Licht des Tages durch die Fenster. Vom anderen Ende des Raumes drangen gleichmäßige Schnarchlaute zu ihm. Tenzo schlief also noch. Ryu musste hingegen schon auf den Beinen sein. Die Schiebetür zwischen ihren Betten stand offen und weder von Ryu noch von Bax war etwas zu sehen.

Nori stieg aus dem Bett und schob so leise wie möglich die Papiertür zu seiner Rechten auf. Doch Asa war schon wach.

»Guten Morgen«, flüsterte sie. »Gut geschlafen?«

»Wie ein Stein«, entgegnete Nori leise.

»Ich auch.« Asa hüpfte aus ihrem Bett. »Und jetzt pass mal auf.«

Sie flüsterte nun nicht mehr, dafür grinste sie breit. Und dann polterte sie lautstark über die knarrenden Holzstufen nach unten. Sofort ergoss sich ein Schwall an Beschimpfungen über sie. Im Gegensatz zu Asa fand Tenzo es offenbar nicht im Geringsten lustig, mit solch einem Krach geweckt zu werden. Nori beeilte sich, nach unten zu gelangen, wo Asa vergnügt gackerte.

»Das geschieht ihm recht«, sagte sie lachend.

Nori lächelte nur. Im Stillen jedoch bewunderte er Asas Selbstvertrauen. Dass sie das einzige Mädchen war, schien sie kein bisschen einzuschüchtern. Im Gegenteil.

»Macht es dir etwas aus, wenn ich das Bad zuerst benutze?«, fragte sie.

»Nein, geh nur«, gab Nori zur Antwort.

Asa verschwand nach draußen zu dem kleinen Anbau und Nori blieb allein zurück. Auf dem niedrigen Tisch in der Mitte des Raumes standen Schälchen mit Reis, Suppe und eingelegtem Gemüse. Jotta hatte ihnen ihr Frühstück also ins Haus gebracht. Den benutzten Schälchen nach zu urteilen, hatte einer von ihnen auch schon gegessen.

Ryu, dachte Nori, wer sonst?

Er beschloss, mit dem Frühstück auf Asa zu warten. Außerdem wollte er die Gelegenheit nutzen und in Ruhe das Wandgemälde betrachten.

Wie Nori bereits wusste, zeigte es einen schwarz gekleideten Ninja und seine Ausrüstung. Und was für eine Ausrüstung das war! Nori verstand nun, warum Asa am Vorabend ganz in die Zeichnung versunken gewesen war. Sie zeigte Dinge, die Nori noch nie zuvor gesehen hatte: Seile und Strickleitern, die über Wurfhaken verfügten. Stiefel, die zwischen dem großen und dem zweiten Zeh gespalten waren. Schuhe mit Lamellen aus Metall an den Sohlen, die vermutlich das Vorankommen auf Eis oder hart gefrorenem Schnee erleichtern sollten.

Nori sah Dietriche zum Öffnen von Schlössern und Lagertoren. Er sah ein spitz zulaufendes Rohr, verschiedenfarbiges Pulver und Metalldornen, deren Verwendungszweck ihm gänzlich unbekannt war. Und er sah Waffen: einfache Stöcke und Bambusstäbe, Blasrohre, Bögen, Shuriken-Wurfklingen und Katana-Schwerter.

»Beeindruckend, nicht wahr?« Asa stand auf einmal hinter Nori. »Und das Beste ist, Sensei Okuse wird uns beibringen, all diese Dinge zu benutzen.« Ein seliges Lächeln legte sich auf ihre Lippen. »Ach, das Bad ist jetzt frei.« Sie schubste Nori sanft, aber bestimmt zur Seite. Dann nahm sie seinen Platz vor dem Gemälde ein.

Nori ging nach draußen in den kleinen Anbau und verrichtete seine Morgentoilette.

Nach einer Weile klopfte jemand an die Tür. »Beeil dich gefälligst! Ich muss auch noch da rein.«

»Dauert nicht mehr lange«, brummte Nori.

Kurz darauf öffnete er die Tür, vor der Tenzo ungeduldig wartete.

»Na endlich«, sagte er und schob sich an ihm vorbei, »du brauchst ja länger als ein Mädchen!«

»Wie bitte?«, entfuhr es Nori, der alles andere als lang gebraucht hatte.

Doch aus dem kleinen Anbau kam keine Antwort mehr. Tenzo war offensichtlich mit anderen Dingen beschäftigt.

Nori kehrte ins Haus zurück, wo Asa noch immer vor dem Wandgemälde stand.

»Wollen wir frühstücken?«, fragte Nori.

»Was?«, erwiderte Asa, ohne die Augen von den Zeichnungen zu nehmen. »Ach, frühstücken. Natürlich. Gern.«

Sie setzten sich auf gegenüberliegende Seiten des niedrigen Tisches und schöpften Reis, Suppe und Gemüse in ihre Schälchen.

»Hey, lasst mir auch noch was übrig!«, rief Tenzo, der im Türrahmen auftauchte.

Asa verdrehte die Augen. »Weißt du, was Jotta gestern bei unserer Begrüßung gesagt hat, Tenzo?«

»Wer? Die weißhaarige Köchin?« Tenzo setzte sich neben sie.

»Sie heißt Jotta«, sagte diesmal Nori.

Asa lächelte ihm zu, dann wandte sie sich wieder an Tenzo. »Sie hat gesagt, dass sie dafür Sorge trägt, dass hier niemand verhungert. Und wie du siehst …«, sie zeigte auf die zahlreichen Schälchen auf dem Tisch, »tut sie das auch. Also entspann dich, Tenzo. Es ist genug für alle da.«

»Hmm, gibt's keinen gegrillten Fisch?«, knurrte Tenzo. »Bei uns zu Hause gibt es den immer zum Frühstück.«

»Bei mir daheim nicht«, erwiderte Nori. Jottas Frühstück fiel weit üppiger aus, als er es von seiner Mutter gewohnt war.

Tenzo musterte ihn. »Du bist ein Bauernjunge, stimmt's?«

Nori zögerte. »Ja«, sagte er dann. »Aber mein Großvater war ein Schatten.« Aus irgendeinem Grund hatte er das ungute Gefühl, sich vor Tenzo rechtfertigen zu müssen.

»Na ja, wenn es in deiner Familie nie einen Ninja gegeben hätte, wärst du nicht hier, oder?«, entgegnete Tenzo.

Damit hatte er natürlich recht. Einladungen in die Schule der Schatten bekamen schließlich nur Kinder aus Ninja-Familien. In den meisten Fällen war ein Elternteil Ninja – manchmal, so wie bei Nori, konnte es aber auch einer der Großeltern sein.

»Aber nur weil dein Großvater ein Schatten war«, schob Tenzo hinterher, »heißt das noch lange nicht, dass du auch das Zeug dazu hast.«

»Und was ist mit dir, Tenzo?«, fragte Asa schnell. »Deine Familie besteht sicher auch nicht nur aus Ninja?«

»Mein Vater ist Großgrundbesitzer. Aber meine Mutter war eine Ninja«, sagte Tenzo stolz. »Und sie war richtig gut in dem, was sie tat.«

»Sie *war* richtig gut?«, fragte Asa,

»Ich denke, sie ist es noch.« Tenzo lachte. »Aber eines Tages hat sie einen Mann kennengelernt, ihn geheiratet und einen

Sohn bekommen. Mich, wie ihr euch unschwer denken könnt.« Tenzo schob einen Löffel Suppe in den Mund. »Tja, und dann hat sie ihr Leben als Schatten an den Nagel gehängt. Aber sie hat mir viel Unterricht gegeben.« Tenzo grinste selbstgefällig.

»Schön für dich«, sagte Asa lediglich und widmete sich ihrer Suppe.

Den Rest des Frühstücks verbrachten sie schweigend. Nori aß nicht viel und auch Tenzo und Asa schienen keinen übermäßigen Appetit zu verspüren. Nori vermutete, dass sie ähnlich aufgeregt waren wie er selbst.

Gemeinsam mit den anderen stand Nori wenig später vor dem kleinsten der vier Häuser und trat von einem Fuß auf den anderen. Er warf einen Seitenblick auf Ryu, der unentwegt seinen Hund streichelte. Auch er war mit Sicherheit nervös. Mit Gewissheit konnte Nori das jedoch nicht sagen, denn Ryu hatte an diesem Morgen noch kein Wort mit ihnen gewechselt.

Schließlich öffnete sich die Tür des kleinen Hauses, und heraus trat ein Mann, der nicht besonders groß war und auch nicht besonders kräftig erschien, aber eine natürliche Autorität und Stärke verströmte. Und obwohl er alles andere als jung war, wirkte er gleichzeitig auch seltsam alterslos.

Nori starrte ihren Lehrmeister mit offenem Mund an. Sein

Haar war grau und kurz geschoren, am Körper trug er einen weißen Hosenrock mit weit geschnittenen Beinen, und in der Hand hielt er einen einfachen Bambusstab.

»Guten Morgen, meine Schüler«, begrüßte sie Sensei Okuse.

Nori und die anderen verbeugten sich.

»Asa.« Sensei Okuse trat auf sie zu. »Es freut mich, dass du meiner Einladung gefolgt bist.«

»Es ist mir eine Ehre«, sagte Asa stolz.

Sensei Okuse lächelte ihr zu, dann ging er weiter.

»Du musst Tenzo sein. Du hast die blauen Augen deiner Mutter geerbt.«

»Nicht nur die Augen«, sagte Tenzo, der übers ganze Gesicht strahlte. »Meine Mutter lässt Euch übrigens grüßen, Sensei Okuse.«

Der Sensei nickte freundlich und ging weiter. Sein Blick fiel auf den Shikoku-Hund.

»Ich kannte einst einen Mann, der bestritt kaum eine Mission ohne seinen Hund. Doch leider konnte auch sein treuer Begleiter ihn letztlich nicht vor seinem Schicksal bewahren.« Sensei Okuse schaute Ryu tief in die Augen. »Ryu, ich bin glücklich, dich hier zu sehen.«

Ryu erwiderte nichts. Wie es den Anschein hatte, kämpfte er mit den Tränen. Nori sah gleichermaßen gebannt wie überrascht zu. Er nahm sich fest vor, Ryu nach seiner Geschichte zu fragen.

Doch nun stand Sensei Okuse vor ihm. Nori schlug das Herz bis zum Hals. Er hatte Angst, dass der Sensei ihn als Einzigen nicht erkennen würde. Dass er ihn fragen würde, wer er sei und was er hier verloren habe. Dass er ihn auslachen und sagen würde, seine Einladung sei eigentlich für jemand ganz anderen bestimmt gewesen. Dass er ihn wegschi…

»Und du bist Nori«, sagte der Sensei und riss ihn aus seinen zweifelnden Gedanken.

»Ich sehe deinen Großvater in dir.« Sensei Okuse lächelte. »Du hast die gleichen Gesichtszüge wie er.«

Von Nori fiel eine unendliche Last ab. Sensei Okuse hatte ihn erkannt. Und was noch besser war: Er hatte seinen Großvater in ihm erkannt. Ein Glücksgefühl durchströmte ihn. Er wollte etwas erwidern, brachte aber kein Wort heraus. Letztlich verbeugte er sich nur. Wortlos, aber tief.

»Asa. Tenzo. Ryu. Nori.« Ihr Lehrmeister blickte von einem zum anderen. »Herzlich willkommen in der Schule der Schatten. Dass ihr alle diesen Ort gefunden habt – und das rechtzeitig –, zeigt mir, dass ich die Richtigen eingeladen habe.«

Nori schluckte. Dass er es pünktlich hierher geschafft hatte, war zu einem großen Teil Kuros Verdienst. Und nicht sein eigener. Was wohl bedeutete, dass Sensei Okuse sich vielleicht irrte. Womöglich hatte er doch nicht die Richtigen eingeladen. Nicht ausschließlich jedenfalls.

»Ich denke, ihr ahnt, warum niemand von diesem Ort wissen

soll«, fuhr der Sensei fort. »Hier werden die Jungen und Mädchen ausgebildet, von denen einst das Schicksal unseres Landes abhängen könnte. Im Augenblick leben wir in Frieden, doch es gab Zeiten, in denen es anders war.«

Der Sensei fing an, mit seinem Bambusstock Striche in den sandigen Boden zu zeichnen. Nach einer Weile erkannte Nori, was er da vor sich hatte: das Bildnis eines Schwarzbären, der eine Krone auf dem Haupt trug. Das Wappen von Kazara, dem großen Reich, das gleich hinter diesen Bergen begann.

»Und es wäre töricht zu glauben, dass der Friede für immer anhält.« Sensei Okuse blickte von dem gekrönten Bären auf, den er mit sicheren Strichen in den Sand gezeichnet hatte. »Wenn der Kaiser von Kazara eines Tages erneut sein Auge auf Isantaj wirft – was haben wir ihm dann entgegenzusetzen? Mit seiner militärischen Macht können wir es nicht aufnehmen. Unsere Stärke ist eine andere. Unsere Stärke ist die Kunst des Verborgenen. Sie ist der Schlüssel zu allem, was wir tun.« Sensei Okuse sah Nori und den anderen fest in die Augen. »Wenn ihr Krieger werden wollt, seid ihr hier falsch. Wenn ihr in der ersten Reihe in die Schlacht ziehen wollt, seid ihr hier falsch. Und auch wenn ihr Ruhm und Reichtum erringen möchtet, seid ihr hier falsch.« Er fixierte sie einen nach dem anderen. »Ich mache keine Krieger aus euch, keine Samurai. Ihr werdet kein Wappen auf der Brust tragen und ihr werdet keinen Ruhm ernten. Keiner wird euren Namen kennen, niemand euer Gesicht. Ihr werdet für Gerechtigkeit kämpfen und für eure Heimat, aber ihr werdet es lautlos tun – und ihr werdet dabei nur selten ein Schwert brauchen. Ihr werdet Ninja sein, die unerwartet zuschlagen und unerkannt wieder verschwinden. Ihr werdet Schatten sein.«

Gebannt hingen Nori und die anderen an den Lippen ihres Lehrmeisters.

Sensei Okuse nickte ihnen zu. »Gut, dann lasst uns beginnen.«

Die Kunst der geräuschlosen Bewegung

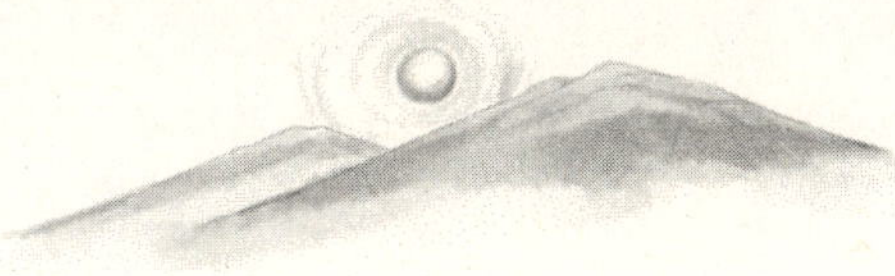

Zu Noris Erstaunen wählte Sensei Okuse für ihre erste Unterrichtsstunde den Ort, an dem er und die anderen ihr Frühstück eingenommen hatten: den Wohnbereich ihrer eigenen Unterkunft.

»Zur Kunst des Verborgenen«, fing ihr Lehrmeister an, »gehört die Kunst der geräuschlosen Bewegung. Mit ihr beginnen wir. Denn wer es nicht schafft, unbemerkt von einem Punkt zu einem anderen zu gelangen, der wird sein Ziel nicht erreichen.«

Sensei Okuse wies Nori und die anderen an, die Augen zu schließen und zu lauschen, während er selbst von der Feuerstelle zum Tisch gehen wollte. »Aber nicht wie ein Ninja, sondern wie jemand, der nichts von solchen Dingen versteht.«

Nori machte die Augen zu und wartete. Zuerst hörte er nichts, dann aber nahm er Geräusche wahr. Geräusche, die durch die geöffneten Fenster und Türen drangen. Das Gackern von Hühnern. Das Klappern von Töpfen. Das Gurren einer Taube. Schließlich vernahm Nori ein Geräusch, das nah und eindeutig zugleich war: ein Rascheln. Der Sensei lief nun also über die Strohmatten, mit denen der Holzboden großflächig ausgelegt war.

Nach einer Weile hörte das Rascheln auf und Nori öffnete die Augen.

»Wie ihr gemerkt habt, ist es keine große Kunst, Geräusche wahrzunehmen«, sagte der Sensei, der jetzt neben dem Tisch stand. »Schwieriger ist es, selbst keine Geräusche zu verursachen. Schließt die Augen, meine Schüler.«

Nori gehorchte. Wieder lauschte er. Wieder hörte er das Gackern von Hühnern und diesmal auch das Wiehern eines Pferdes und das Iah eines Esels. Was er nicht hörte, war das Rascheln der Strohmatten.

»Und nun öffnet eure Augen wieder«, vernahm er die Stimme von Sensei Okuse.

Nori machte die Augen auf. Der Sensei stand nicht mehr neben dem Tisch, sondern an der Feuerstelle. Er hatte den halben Raum durchquert, ohne dabei irgendein Geräusch verursacht zu haben.

»Das, meine Schüler, ist die Kunst der geräuschlosen Bewegung. Und nun werde ich sie euch lehren.«

Zuerst brachte Sensei Okuse ihnen ein paar grundlegende Dinge bei. Darauf zu achten, wo man ging: weiches Gras statt knirschende Kieselsteine zu wählen, sandigen Untergrund raschelnden Blättern vorzuziehen. Gleichmäßig zu atmen, statt den Atem anzuhalten. Erst die Ferse aufzusetzen und dann den Fuß langsam über den Ballen abzurollen. Sich dicht am Boden zu bewegen. In leicht geduckter Haltung zu gehen, alle Muskeln anzuspannen und das eigene Gewicht gleichmäßig zu verteilen. Die eigenen Schritte dem Gang eines anderen anzupassen. Den linken Fuß dann aufzusetzen, wenn es die Person vor einem auch tat. Dasselbe mit dem rechten Fuß zu wiederholen und so das Geräusch der eigenen Füße zu überdecken. Und nicht zuletzt: Geduld zu haben. Sich so viel Zeit zu nehmen, wie es nötig und gleichzeitig möglich war.

Nori und die anderen hörten sich an, was der Sensei zu sagen hatte. Und sie probierten es selbst. Den ganzen Vormittag lang. Auf dem Gras hinter ihrer Unterkunft, auf dem Weg zwischen den Häusern, auf den Strohmatten in ihrem Wohnbereich. Und schließlich sogar, nachdem sie die Strohmatten zur Seite geräumt hatten, auf dem knarzenden Holzboden.

Asa war die Beste der vier Schüler, mit etwas Abstand folgte Tenzo, der sich ebenfalls geschickt anstellte. Doch auch Nori machte Fortschritte, wenngleich nicht so schnell wie Ryu, auf dem die ganze Zeit die Augen von Bax ruhten.

Sensei Okuse jedoch schien mit ihnen allen zufrieden zu sein.

»Ihr lernt schnell«, lobte er. »Ihr seid leise – aber leise zu sein, genügt nicht, wenn ihr euch unerkannt durch ein fremdes Haus oder eine feindliche Festung bewegen wollt. Und daher bringe ich euch jetzt bei, lautlos zu sein.«

Sensei Okuse nahm eine geduckte Position ein, bei der seine Füße nicht nebeneinander, sondern versetzt zueinander waren, und wies Nori und die anderen an, es ihm gleichzutun.

»Verlagert euer Körpergewicht nun langsam auf euer vorderes Bein, so lange, bis es ganz darauf lastet. Dann zieht ihr das hintere Bein nach.«

Sensei Okuse führte die Bewegung einige Male vor, dann wiederholten Nori und die anderen sie so lange, bis sie auf diese Weise von der Feuerstelle zum Tisch gelangt waren.

»Diese Technik erlaubt es euch nicht nur, euch lautlos fortzubewegen«, erklärte Sensei Okuse, »sie bringt auch noch einen weiteren Vorteil mit sich.«

»Man kann den Fuß zurückziehen, wenn man ein Geräusch hört«, sagte Tenzo.

»Sehr gut.« Der Sensei bedachte Tenzo mit einem anerkennenden Blick. »Wie ich sehe, hat deine Mutter dir schon manches beigebracht.«

Tenzo konnte sich einen selbstgefälligen Seitenblick auf Asa und Nori nicht verkneifen.

Nori hingegen sehnte sich nach einer Pause. Es erforderte höchste Konzentration, sich auf diese Weise durch den Raum zu bewegen. Eine Konzentration, die er nicht endlos lange aufbringen konnte. Doch es gab keine Pause.

»Und jetzt wieder zurück zur Feuerstelle«, befahl ihr Lehrmeister.

Während Nori die Zähne zusammenbiss, stöhnte Tenzo auf.

»Nur weil ich dich eben gelobt habe, heißt das nicht, dass du nichts mehr lernen musst. Ein Lob ersetzt nicht die Übung, Tenzo«, tadelte ihn der Sensei. »Und das gilt natürlich auch für euch andere.«

Tenzo sagte nichts weiter, sondern machte sich daran, zur Feuerstelle zu gelangen. Zugunsten eines höheren Tempos vernachlässigte er jedoch die Genauigkeit. Wiederholt knarrte der Holzboden unter seinen Füßen.

»Mit Bedacht«, ermahnte ihn Sensei Okuse. »Es geht nicht darum, wer von euch zuerst an der Feuerstelle ankommt. Sondern darum, wer sie erreicht, ohne ein Geräusch zu verursachen.«

Und das war Asa. Sie schlich durch den Raum, ohne dass die Holzdielen sie ein einziges Mal verraten hätten.

Ryu war nicht viel schlechter. Und obgleich Nori mit den beiden nicht mithalten konnte, war er doch zufrieden mit sich. Der Holzboden hatte nur drei- oder viermal unter seinen Füßen geknarzt.

Tenzo hingegen hatte alle Sorgfalt fahren lassen und die Strecke nur noch hinter sich bringen wollen.

»Denk an meine Worte, Tenzo«, tadelte ihn der Sensei. »Und behalte sie im Hinterkopf, wenn wir heute Nachmittag weitermachen.«

Kaum hatte ihr Lehrmeister das Haus verlassen, ließ sich Tenzo auf den Boden fallen.

»Meine Güte!«, seufzte er. »Meine Mutter hat mich nicht den halben Tag durch ein dämliches Zimmer schleichen lassen!«

In diesem Moment tauchte Jotta auf. In den Händen trug sie ein großes Tablett, auf dem sich allerlei Schalen und Teller stapelten.

Nori und Asa halfen ihr, alles auf den Tisch zu stellen, dann ließen sie sich auf den Sitzkissen nieder und aßen. Tenzo raffte sich vom Boden auf und setzte sich ebenfalls an den Tisch. Und sogar Ryu leistete ihnen Gesellschaft, wenngleich schweigend.

Doch auch Nori, Asa und Tenzo sprachen nicht viel. Der erste Vormittag in der Schule der Schatten lag hinter ihnen. Und wenn sie auch vieles gelernt hatten, so standen sie doch ganz am Anfang ihrer Ausbildung.

Am Nachmittag führte Sensei Okuse Nori und die anderen zu dem knorrigen Gingkobaum, wo sich ihnen ein unerwartetes Bild bot. Zwei spindeldürre Männer, die wie ein Ei dem anderen glichen, saßen in der Baumkrone und rupften Blätter von den Ästen.

Nori konnte sich keinen Reim darauf machen, warum sie das

taten. Aber er erkannte sie wieder – oder vielmehr einen von ihnen: Bei einem der beiden Männer handelte es sich eindeutig um den Boten, der ihn in seinem Heimatdorf aufgesucht und ihm die Einladung zur Schule der Schatten überbracht hatte. Die Frage war nur, welcher der beiden Männer das gewesen war. Sie waren nicht voneinander zu unterscheiden.

Da fiel Nori ein, dass Jotta Zwillingsbrüder erwähnt hatte, die für die Schule der Schatten die Felder bestellten. Offenbar stellten die beiden jedoch auch Einladungen zu und rupften Blätter von Bäumen.

»Schüler, hier links seht ihr Aki. Und das rechts, das ist Ikki.« Sensei Okuse deutete auf die zwei Brüder in der Baumkrone. »Meine beiden wichtigsten Männer.«

»Oh, Ihr seid wie immer zu freundlich, Sensei. Zu freundlich«, sagte Aki und kicherte verlegen.

»Aki und Ikki sind einfache Landarbeiter«, sagte Ikki, der ebenfalls kicherte. »Nur einfache Landarbeiter, hihi.«

»Kommt herunter«, wies sie der Sensei an, »ihr habt genug getan.«

Gewandt hüpften die Zwillingsbrüder auf den Boden. Wie Nori nun bemerkte, glichen sie sich doch nicht ganz: Im Gegensatz zu Aki fehlten Ikki zwei Schneidezähne.

»Wie ihr seht«, richtete der Sensei das Wort an die beiden Männer, »sind alle vier der Einladung gefolgt, die ihr ihnen überbracht habt: Asa. Tenzo. Nori. Und Ryu, der sogar seinen treuen Hund mit hierhergebracht hat.« Er deutete auf Bax, der nicht von Ryus Seite wich.

»Freut uns«, kicherte Aki, »freut uns.«

»Ja«, bestätigte sein Zwillingsbruder, »neue Ninja sind immer gut. Neue Schatten, hihi.«

»Noch sind sie keine Schatten«, sagte Sensei Okuse. »Aber wenn sie diese Übung hinter sich haben, sind sie ihrem Ziel wieder ein Stück näher.«

»Oh, die Übung wird nicht leicht werden«, sagte Aki bedauernd.

»Ja, Aki und Ikki haben viele Blätter von den Ästen gerupft«, sagte Ikki. »Viele Blätter.«

»In der Tat, viele Blätter. Aber sie sind nicht trocken wie im Herbst, sondern frisch und weich. Sie werden kaum rascheln.« Sensei Okuse nickte Aki und Ikki freundlich zu.

Die beiden deuteten eine Verbeugung an, dann zogen sie ab, nicht jedoch, ohne Nori und den anderen noch einmal aufmunternd zuzulächeln.

»Eure nächste Aufgabe nennt sich ›Der kleine Schritt‹. Ich hätte äußerst ungern auf den Herbst gewartet, um sie euch zu stellen. Aki und Ikki waren daher so liebenswürdig, etwas nachzuhelfen.« Sensei Okuse deutete auf die gelben Blätter, die jetzt im Schatten des knorrigen alten Gingkobaums lagen. »Ihr braucht diesen kleinen, aber äußerst wichtigen Schritt überall dort, wo Laub auf dem Boden liegt. Wollt ihr euch an einem solchen Ort geräuschlos fortbewegen, dann müsst ihr es wie ein schreitender Kranich auf dem Weg durch die Wildnis tun.«

Sensei Okuse begab sich an die Stelle, wo die gelben Blätter auf dem Boden lagen. Er ging etwas in die Knie, beugte sich nach vorn und verlagerte das Gewicht auf den vorderen Fuß. Dann zog er den hinteren Fuß nach vorne und gleichzeitig nach oben, bis er sich über der Stelle befand, wo er ihn wieder absenken wollte. Zuerst senkte er vorsichtig die Fußspitze auf den Boden, dann den Fußballen. Auf diese Weise bewegte sich der Sensei über die Blätter des Gingkobaumes, die wie ein gelber Teppich das Gras bedeckten. Nicht das kleinste Geräusch war zu hören.

Nun kamen die Schüler an die Reihe. Asa hatte erneut keine Probleme mit der gestellten Aufgabe, und Nori freute sich, dass er es ebenfalls recht geräuschlos schaffte. Doch wenn er ehrlich war, lag das weniger an seinem Kranichgang als daran, dass die Blätter eben noch nicht welk waren – sie raschelten kaum, egal wie fest und mit wie viel Gewicht man auf sie trat. In ein paar Wochen, wenn sie getrocknet waren, würden sie weit weniger nachgiebig sein.

Nach dieser Übung führte Sensei Okuse sie vor das große Haus, das keiner von ihnen bislang betreten hatte. Er zog den Kopf ein und begab sich unter das weit überhängende Dach, wo er sich wieder zu voller Größe aufrichten konnte. Allerdings nur, wenn er mit dem Rücken zur Wand stand – so wenig Platz war zwischen dem Dachvorsprung und der Mauer.

»Hier, meine Schüler, üben wir das seitliche Gehen.«

Tenzo gab einen kaum hörbaren Ton der Enttäuschung von sich. Sensei Okuse aber entging er nicht.

»Möchtest du etwas bemerken, Tenzo?«, fragte er streng.

»Verzeiht, Sensei«, sagte Tenzo leise, »aber ich hatte gehofft, wir würden das Haus betreten. Was befindet sich darin?«

Nori und Asa wechselten stumme Blicke. Tenzo hatte eben die Frage gestellt, die ihnen Jotta nicht hatte beantworten wollen. Und wie sich rasch herausstellte, wollte ihr Lehrmeister das ebenfalls nicht.

»Lass dich nicht von deiner Neugier leiten, Tenzo. Sie ist ein schlechter Ratgeber. Übe dich stattdessen in Geduld«, tadelte Sensei Okuse und stellte ihnen dann selbst eine Frage. »Wer von euch hat schon einmal eine Krabbe am Strand gesehen?«

Nori schüttelte kaum merklich den Kopf. Bis vor ein paar Tagen hatte er nur sein kleines Bauerndorf und die darum herum liegenden Felder gekannt. Das Meer, das Isantaj im Norden, Süden und Westen umgab, kannte er nur aus Erzählungen.

Als Einziger meldete sich Tenzo.

»Und hast du gesehen, wie sich eine Krabbe auf Sand vorwärtsbewegt?«, wollte der Sensei wissen.

»Sie läuft seitwärts«, sagte Tenzo.

»Sehr richtig.« Sensei Okuse nickte. »Die Beine einer Krabbe liegen äußerst dicht beieinander, was ihr bei der Vorwärtsbewegung nur kleine Trippelschritte erlaubt. Seitwärts aber sind

Krabben außerordentlich flink. Und das müsst ihr auch sein, wenn ihr euch im Schatten von Gebäuden oder in engen Gängen bewegen müsst.«

Der Sensei zeigte ihnen, was sie zu tun hatten. Er presste seinen Rücken dicht an die Wand, richtete die Hüften daran aus und bewegte sich gleitend und gleichmäßig in die gewählte Richtung.

Nori und die anderen schlüpften ebenfalls an verschiedenen Stellen unter den Dachüberhang und schlichen, so wie ihr Lehrmeister es ihnen vorgemacht hatte, an der Wand entlang.

Als der Sensei die Übung beendete, stand die Sonne schon tief am Himmel. Nori hatte das Gefühl, jeden einzelnen Muskel seines Körpers zu spüren.

»Gut gemacht, meine Schüler«, lobte Sensei Okuse. »Ihr habt heute Nachmittag gelernt, wie ein Kranich zu stolzieren und wie eine Krabbe seitwärts zu gehen. Morgen werde ich euch lehren, wie ein Salamander zu kriechen.«

Der Weg des Salamanders

Als Nori am nächsten Morgen die Treppe vom Schlafsaal nach unten stieg, setzte er all das um, was er am Vortag gelernt hatte. Es klappte nicht perfekt, aber die Treppe knarzte nur zwei- oder dreimal, und das auch nicht so laut, als dass Tenzo aus dem Schlaf erwacht wäre.

Und Tenzo ließ sich auch in der Folge nicht blicken, während Nori und Asa in aller Ruhe frühstückten.

»Sollen wir ihn wecken?«, fragte Nori irgendwann.

Asa überlegte einen Moment, dann nickte sie. »Tenzo ist ein selbstgefälliger Angeber, aber wenn er nicht schleunigst aufsteht, kommt er zu spät zum Unterricht. Und das würde Sensei Okuse gar nicht gutheißen.«

Sie ging zur Treppe. »Tenzo!«, brüllte sie nach oben. »Wach auf!«

Die lauten Worte verfehlten ihre Wirkung nicht. Es dauerte nicht lange, da rumpelte Tenzo die Treppe herunter.

»Das war eines Ninja aber nicht gerade würdig«, bemerkte Asa.

Ohne eine Antwort zu geben, ging Tenzo nach draußen, um das Badezimmer in dem kleinen Anbau aufzusuchen.

»Ich glaube, er ist es nicht gewohnt, so zeitig aufzustehen«, sagte Nori zu Asa.

»Ja, ich schätze, als Sohn eines Großgrundbesitzers führt man ein äußerst bequemes Leben«, erwiderte Asa. »Bestimmt musste Tenzo in seinem bisherigen Leben keinen Finger krumm machen.«

Ryu beteiligte sich auch diesmal nicht an ihrem Gespräch. Er hatte schon vor ihnen gegessen und saß nun mit Bax nahe der Feuerstelle. Liebevoll kraulte er seinen Hund.

Nach einer Weile kehrte Tenzo zurück. Gerade als er sich auf einem der Sitzkissen niedergelassen hatte, betrat Sensei Okuse den Raum. Nori, Asa und Ryu standen auf der Stelle auf. Tenzo hingegen warf einen sehnsüchtigen Blick auf die Schälchen vor ihm und erhob sich dann seufzend.

»Guten Morgen, meine Schüler«, begrüßte sie der Sensei. »Bitte begleitet mich nach draußen.«

Kaum hatte er ihnen den Rücken zugewandt, nahm sich Tenzo schnell eine Handvoll Reisnudeln und schob sie in den Mund. Dann ging er wie Nori und die anderen nach draußen.

Als alle Augenpaare auf Sensei Okuse gerichtet waren, hob er einen kleinen Käfig vom Boden auf. Darin befand sich ein schwarz-gelber Salamander.

»Diesen kleinen Kerl habe ich vorhin im Gras gefunden. Nun

darf er dorthin zurückkehren.« Sensei Okuse öffnete die Käfigtür, strich dem Salamander sanft über den Rücken und setzte ihn auf den Boden. »Seht zu, meine Schüler«, wies der Sensei sie an. »Seht genau zu.«

Dankbar darüber, seine Freiheit wiedererlangt zu haben, kroch der Salamander sofort los. Den Nachteil seiner kurzen Beine versuchte er mit einer besonderen Technik wettzumachen: Jedes Mal, wenn sich sein rechtes Vorderbein nach vorne bewegte, bewegte sich auch sein linkes Hinterbein mit – und andersherum genauso. Dank dieser schlängelnden Form der Fortbewegung kam der Salamander erstaunlich schnell vom Fleck. Schließlich verschwand er im hohen Gras und der Sensei ergriff wieder das Wort.

»Nicht immer kann sich ein Ninja aufrecht fortbewegen. Manchmal gebietet es die Umgebung, zu kriechen. Und deshalb begeben wir uns nun auf den Weg des Salamanders.«

Ihr Lehrmeister legte sich bäuchlings auf den Boden, die Arme dicht am Körper aufgestützt. Dann bewegte er sich in rhythmischem Wechsel vorwärts, genau wie es der Salamander getan hatte. Und genau wie der Salamander gab auch Sensei Okuse keinerlei Geräusch von sich.

Nori jedoch stellte die ungewohnte Art der Bewegung vor erhebliche Probleme: Allein den rechten Arm gleichzeitig mit dem linken Bein zu bewegen, war schon eine echte Herausforderung. Ganz zu schweigen davon, auf diese Weise überhaupt voranzukommen. Zu seiner Erleichterung erging es den anderen nicht viel besser.

»Das musste ich bei meiner Mutter nicht machen«, wisperte Tenzo.

Ryu sah ebenfalls aus, als versuche er zum ersten Mal in seinem Leben, wie ein Salamander zu kriechen. Selbst Asa gelangte diesmal an ihre Grenzen. Doch bei niemandem erschien es Nori so aussichtslos wie bei sich selbst. Es kam ihm vor, als ob er sich kein bisschen vom Fleck bewegte.

Nach einer halben Ewigkeit bedeutete ihnen Sensei Okuse, sich aufzurichten. Doch er beendete die Übung nicht, wie Nori gehofft hatte, sondern verlegte sie lediglich von draußen nach drinnen.

Auf dem Holzboden des Schülerhauses kam Nori zwar besser voran als im Freien, dafür machte er nun auch mehr Geräusche: Entweder knarzten die Holzdielen oder die Strohmatten raschelten. Lautlos war Nori jedenfalls nicht.

Plötzlich hörte er hinter sich einen dumpfen Schlag, der lauter war als die Geräusche, die er und die anderen sonst so machten. Nori blickte sich um und sah, dass Tenzos Kopf auf den Boden geknallt war.

Einen Moment lang verharrte Tenzo in dieser Haltung, dann machte er sich mit verbissener Miene daran, wieder wie ein Salamander über die Holzdielen zu kriechen.

Es dauerte jedoch nicht lange, dann vernahm Nori erneut einen dumpfen Knall. Tenzos Kopf war ein weiteres Mal auf dem Boden aufgeschlagen. Und diesmal blieb er unten liegen.

Nori wunderte sich, dass Tenzo noch entkräfteter zu sein schien als er selbst. Offenbar konnte er nicht einmal mehr die Nackenmuskeln anspannen, um den Kopf oben zu halten.

Aber dann fiel Nori wieder ein, dass Tenzo ja kein Frühstück zu sich genommen hatte. Und da Jotta den Tisch zwischenzeitlich abgeräumt hatte, konnte Tenzo das auch nicht mehr nachholen. Dass er verschlafen hatte, rächte sich nun mit voller Wucht.

Doch zu Noris großer Überraschung blieb der erwartete Tadel aus. Der Sensei warf Tenzo nur einen missbilligenden Blick zu, dann wies er sie an, sich hinzusetzen.

»Wir machen ein anderes Mal mit dem Weg des Salamanders weiter. Nun möchte ich euch etwas über die Kunst des heimlichen Eindringens erzählen. Und über euer Mittagessen.«

Auf einmal fiel es Tenzo ganz leicht, seinen Kopf und den Rest seines Körpers hochzubekommen. Erwartungsvoll schaute er zu seinem Lehrmeister auf.

»Jotta hat heute Vormittag wieder frisches Reisbrot gebacken«, sagte Sensei Okuse. »Aber ich habe sie angewiesen, es euch nicht zu bringen. Genauso wenig wie andere Speisen.«

So schnell, wie er sich aufgerichtet hatte, so schnell sank Tenzo wieder in sich zusammen.

»Stattdessen müsst ihr euch das Brot selbst aus Jottas Küche holen«, sagte der Sensei, »und zwar ohne dass sie euch bemerkt.«

Nori und Asa wechselten aufgeregte Blicke.

»Was uns zur Kunst des heimlichen Eindringens bringt«, fuhr ihr Lehrmeister fort. »In die meisten Häuser bricht man am einfachsten durch die Hintertür oder ein leeres Zimmer ein. Und meist ist man gut beraten, sich von belebten Räumen fernzuhalten – dem Essbereich oder der Küche. Letzteres ist euch allerdings nicht möglich, wenn ihr eines von Jottas köstlichen Reisbroten entwenden wollt. Wie viel ihr aus ihrer Küche nehmt, ist einzig und allein eure Entscheidung. Aber bedenkt: Wer zu viel will, riskiert entdeckt zu werden. Und wer entdeckt wird, kann sich an keinem Reisbrot gütlich tun.«

Tenzo blähte die Backen auf und ließ geräuschvoll Luft entweichen.

Sensei Okuse war gerade erst gegangen, da verkündete Tenzo, dass er sich jetzt sein Mittagessen holen werde.

»Nicht so schnell«, sagte Asa. »Wir sollten auslosen, wer von uns als Erster gehen darf.«

»Warum?«, fragte Tenzo unschuldig.

»Weil es der Erste am einfachsten hat«, antwortete Asa.

»Genau.« Nori nickte. Der Erste von ihnen hatte nun mal die größte Chance, Jotta unvorbereitet anzutreffen. Die anderen hingegen würden vielleicht schon auf eine misstrauisch gewordene Jotta stoßen – vor allem, wenn sich der Erste von ihnen erwischen ließ.

»Ich sterbe vor Hunger«, behauptete Tenzo. »Und ihr wollt losen?«

»Ja«, sagte Asa. »Das ist am gerechtesten. Oder was meinst du, Ryu?«

Alle Augen richteten sich auf den schweigsamen Jungen.

»Von mir aus gehe ich gern als Letzter.« Ryu setzte sich zu Bax auf den Boden. »Jotta wird uns ohnehin erwarten.«

»Du denkst, der Sensei hat sie eingeweiht?«, fragte Asa.

»Nein, das nicht. Zumindest nicht ausdrücklich.« Ryus Blick war starr auf Bax gerichtet. »Aber der Sensei hat Jotta angewiesen, uns heute kein Essen zu bringen. Und da wird sie sich denken können, warum.«

»Weil wir nicht die ersten Schüler sind, denen der Sensei diese Aufgabe stellt«, führte Asa den Gedanken weiter.

»Na dann habt ihr ja sicher nichts dagegen, wenn ich als Erster gehe.« Tenzo trat durch die Tür nach draußen.

Diesmal machte Asa keine Anstalten, ihn aufzuhalten. »Und du willst wirklich als Letzter gehen?«, wandte sie sich stattdessen an Ryu.

»Ja«, antwortete der.

»Und du, Asa? Wann möchtest du gehen?«, fragte Nori.

Asa zuckte mit den Schultern. »Ich denke, wer auch immer von uns als Zweiter geht, sollte das rasch tun.«

»Warum?«, fragte Nori.

»Weil es mich nicht wundern würde, wenn Tenzo von Jotta entdeckt wird. Und während die beiden sich unterhalten, wird sie nicht darauf achten, ob sonst noch jemand im Raum ist.«

Nori erkannte, dass Asa recht hatte. Sollte es Tenzo wirklich nicht schaffen, bot das eine perfekte Gelegenheit für einen von ihnen, es besser zu machen.

»Geh du«, sagte Asa.

»Ich?« Nori sah sie überrascht an. »Wollen wir nicht lieber losen?«

»Nein. Geh du, Nori. Und mach schnell.« Asa grinste. »Wer weiß, wie lange Tenzo es schafft, unentdeckt zu bleiben.«

»Danke«, sagte Nori und ging nach draußen. Obwohl das Ganze nicht mehr als eine Übung war und am Zielpunkt keine bewaffnete Wache, sondern nur eine freundliche Köchin wartete, verspürte er gewaltige Nervosität.

Geduckt schlich Nori zum Haus von Jotta, Aki und Ikki. Die Zwillingsbrüder arbeiteten vermutlich auf einem der Reisfelder, zumindest hoffte Nori das. Jotta aber stand mit großer Wahrscheinlichkeit in ihrer kleinen, vollgestellten Küche.

Nori begab sich zur Rückseite des Hauses. Wie die Schülerunterkunft verfügte es über einen Anbau, in dem das Bad und das Plumpsklo untergebracht waren. Einen Moment lang wünschte sich Nori, dass Jotta in diesem Moment dort saß und die Küche unbewacht zurückgelassen hatte. Aber solch ein Glück würde er wohl kaum haben.

Von Tenzo war hier hinten nichts zu sehen. Da er wohl kaum den Vordereingang benutzen wollte, musste er also schon im Haus sein.

Vorsichtig drückte Nori die Hintertür auf. Zu seiner großen Erleichterung quietschte sie nicht. Er schlüpfte hindurch und fand sich mitten in einem Vorratsraum wieder. Zu seiner Linken war bis zur Decke Brennholz aufgeschichtet, zu seiner Rechten stapelten sich Säcke, die vermutlich mit Reis gefüllt waren. Und dazwischen standen einige der Speisefässer, wie Nori sie auch in Jottas Küche gesehen hatte.

Es gab zwei Türen, und Nori konnte sich recht gut vorstellen, wohin sie führten: die eine fraglos in die Küche, die andere ziemlich sicher in den Wohn- und Aufenthaltsraum des Hauses. Nori schlich an den Fässern vorbei und freute sich, dass der Vorratsraum über keine knarzenden Holzdielen verfügte, sondern über einen Lehmboden, der jeden seiner Schritte schluckte. Er kauerte sich neben die Schwingtür, die zur Küche führte, und lauschte. Alles, was er hörte, war ein scharrendes, kratzendes Geräusch. Wenn er sich nicht täuschte, hantierte da jemand mit einem Kochlöffel in einem blechernen Topf. Sonst war nichts zu hören.

Nur Noris Herz klopfte laut und ungemein schnell. Wie würde es um sein Herz nur bestellt sein, wenn es eines Tages um mehr als ein Mittagessen ging? Wenn sein Leben davon abhing, nicht entdeckt zu werden?

Während Nori sich seinen Zweifeln hingab, drückte jemand von der anderen Seite schwungvoll die Tür gegen seine Schläfe.

Die Kunst des heimlichen Eindringens

Noris Kopf wurde zurückgestoßen. Nur mit Mühe konnte er einen Aufschrei unterdrücken, denn die Schwingtür und sein Schädel waren nicht gerade sanft aufeinandergetroffen. Und obendrein alles andere als geräuschlos.

Bedingt durch den Aufprall kippte Nori nach hinten, von vorne jedoch hörte er die Stimme von Jotta.

»Tenzo. Du bist also als Erster gekommen.«

»Verdammt noch mal!«, hörte Nori ihn fluchen. Dann wurde die Schwingtür erneut aufgerissen und Tenzo beugte sich mit grimmiger Miene über ihn. In der linken Hand hielt er ein Reisbrot, mit der rechten fuchtelte er wütend vor Noris Gesicht.

»Du! Du bist schuld, dass ich erwischt worden bin!«

Nori richtete sich auf. »Tenzo, es war nicht meine Absicht ...«

»Dass ich heute den ganzen Tag nichts zu essen kriege?«, schnitt ihm Tenzo das Wort ab. »Denn genau dafür hast du gerade gesorgt!«

Voller Zorn schleuderte Tenzo sein Reisbrot auf den Boden. Dann stieg er über Nori hinweg und stürmte aus dem Haus.

Jotta tauchte in der Tür auf und streckte ihm die Hand hin. Nori ergriff sie wortlos und ließ sich von ihr auf die Beine helfen.

»Was für ein Jammer«, murmelte sie, als sie das Brot vom Boden aufhob. »Aber so sind nun mal die Regeln.« Sie wischte das Reisbrot sorgfältig an ihrer Schürze ab, dann legte sie es auf eines der Fässer. »Tut mir leid, Nori. Ich kann es dir nicht geben.«

»Ich weiß«, sagte Nori. »So sind nun mal die Regeln.« Er rang sich ein Lächeln ab, dann verließ er Jottas Haus durch die Vordertür.

Er fühlte sich elend. Er allein war schuld, dass Tenzo erwischt worden war. Hätte er doch bloß in der Unterkunft gewartet, statt hinter der Tür von Jottas Küche zu kauern, zu lauschen und darauf zu hoffen, dass sein Mitschüler scheiterte. Tenzo hatte alles Recht der Welt, wütend auf ihn zu sein. Und wie Nori bei seiner Rückkehr ins Schülerhaus feststellte, hatte sich sein Zorn noch längst nicht gelegt.

»Wärst du doch nur in deinem Bauerndorf geblieben!«, tobte Tenzo. »Da gehörst du nämlich hin. Und nicht in die Schule der Schatten!«

»Tenzo«, stammelte Nori, »es tut mir leid.«

»Das hilft mir auch nicht weiter!«, schnaubte Tenzo. »Weißt

du, was mir weitergeholfen hätte? Ein Reisbrot. Ich sterbe nämlich vor Hunger.«

»Für jemanden, der vorgibt zu sterben, hast du aber noch ziemlich viel Energie«, bemerkte Ryu.

Nori und Tenzo schauten ihn erstaunt an. Der sonst so schweigsame Junge hatte doch tatsächlich ungefragt seinen Mund aufgemacht. Und, was aus Noris Sicht noch bemerkenswerter war: Er hatte in gewisser Weise für ihn Partei ergriffen.

Jedenfalls nahm Ryus unerwartete Wortmeldung Tenzo den Wind aus den Segeln.

»Und wenn schon«, sagte Tenzo bockig, aber weit weniger aufgebracht. »Das wird ein harter Nachmittag für mich, ohne etwas im Magen zu haben. Und daran bist allein du schuld, Nori! Hättest du hier gewartet anstatt hinter der Tür von Jottas Küche, wäre ich unbemerkt entkommen!«

»Ich weiß«, sagte Nori. »Ich hätte hierbleiben sollen.«

»Und warum zum Henker hast du es nicht getan?«, wollte Tenzo wissen.

Weil Asa es mir geraten hat, hätte Nori antworten können. Doch er würde die Schuld nicht auf jemand anderen schieben.

»Weil ich eine falsche Entscheidung getroffen habe«, sagte er stattdessen. Dann wandte er sich an Ryu. »Ist Asa schon aufgebrochen?«

Ryu, der vor dem Fenster stand, zeigte nach draußen. Nori trat neben ihn und blickte ebenfalls hinaus. Und tatsächlich, da war Asa. Aber sie schlich nicht etwa um Jottas Haus herum, sie befand sich auf ihm. Nori traute seinen Augen kaum. Asa war tatsächlich auf das weit überhängende Strohdach gestiegen und kletterte jetzt langsam, aber geschickt hinauf.

»Sie geht übers Dach?«, entfuhr es Tenzo, der nun ebenfalls am Fenster stand. »Sie muss verrückt sein.« Diesmal klang Tenzo nicht herablassend. Stattdessen schwang aufrichtige Bewunderung in seiner Stimme mit.

Nori antwortete nicht. Gebannt beobachtete er, wie Asa über das Dach robbte. Am Rand angekommen, ließ sie ihre Beine und ihren Körper herunter und hielt sich nur noch mit den Händen fest. Der Rest von ihr baumelte einige Sekunden in der Luft, bis sie ihre Füße in das offene Fenster geschwungen hatte, das sich unmittelbar unter ihr befand. Ihre Hände ließen los, und sie glitt durch die Öffnung ins Obergeschoss von Jottas Haus, wo sie vor den Blicken der Jungen verborgen war.

»Die Treppe nach unten …«, sagte Nori ergriffen, »die endet genau in der Küche.«

»Ja.« Tenzo stand mit offenem Mund vor dem Fenster. »Und zwar genau vor dem großen, tönernen Ofen. Wenn Asa es lautlos nach unten schafft, hat sie die perfekte Deckung. Dann muss sie nur noch warten, bis Jotta ihr den Rücken zukehrt, und kann in aller Ruhe zugreifen.«

Ohne ein weiteres Wort zu wechseln, starrten Nori, Tenzo und Ryu aus dem Fenster. Keiner von ihnen wagte es, den Blick auch nur für eine Sekunde abzuwenden. Minutenlang passierte nichts, doch dann tauchte Asas Oberkörper wieder am Fenster im Obergeschoss auf. In den Händen hielt sie zwei Reisbrote.

»Sie hat es geschafft«, sagte Nori leise. Und dann noch einmal laut und freudig: »Sie hat es tatsächlich geschafft!«

Mit zwei schnellen Bewegungen warf Asa die Reisbrote ins Gras hinter Jottas Haus.

»Sie braucht freie Hände, um sich wieder aufs Dach ziehen zu können«, erklärte Tenzo.

Doch Asa zog sich nicht aufs Dach hoch. Sie verschwand erneut im Haus.

»Was um Himmels willen tut sie denn jetzt?«, entfuhr es Tenzo.

»Ich glaube, sie will noch mehr Brote holen«, sagte Ryu. Auch er konnte seine Bewunderung für Asa nicht verhehlen.

Bange Sekunden und Minuten vergingen, dann bot sich Nori, Tenzo und Ryu endlich das Bild, auf das sie gewartet hatten: Asa am Fenster, in den Händen zwei weitere Reisbrote, die sie zielsicher zu den anderen ins Gras beförderte. Dann setzte sie sich aufs Fensterbrett, stützte sich ab und sprang.

Nori hielt den Atem an. In Isantaj maß man Längen mit Stäben. Sein Bett etwa war zwei Stäbe lang. Das Fenster, aus dem Asa sprang, befand sich gut und gerne drei Stablängen über dem Boden.

Doch Asa wusste offensichtlich, was sie tat. Sie kam auf den

Füßen auf, federte die Landung mit dem Rest ihres Körpers ab und huschte hinters Haus.

Kurz darauf kam Asa mit vier Reisbroten unterm Arm zur Tür herein und Nori sparte nicht mit aufrichtigem Lob. Er wollte genauestens wissen, was sich im Inneren von Jottas Haus abgespielt hatte.

»Da gibt es nicht viel zu erzählen«, sagte Asa bescheiden. »Ich bin durch die Schlafräume im Obergeschoss, die Treppe runter und …«

»Hat sie geknarrt?«, unterbrach Nori sie.

»Nein, zum Glück nicht. Und unten hatte ich dann Jottas Ofen als Deckung. Das war keine große Sache.« Asa zuckte mit den Schultern, dann drückte sie Nori ein Brot in die Hand. Ein weiteres warf sie Tenzo zu. »Damit du nicht verhungerst«, sagte sie grinsend.

Tenzo fing das Brot in der Luft und schaute Asa mit großen Augen an.

»Habt ihr etwa gedacht, dass ich alle vier Brote alleine essen will?« Asa lachte und hielt auch Ryu ein Brot hin. »Magst du? Oder willst du dein Glück lieber selbst versuchen?«

Ryu blickte zu Jottas Haus. »Nein, will ich nicht«, sagte er und nahm das Brot. »Danke.«

Nori bedankte sich ebenfalls, doch von Tenzo waren nur schmatzende Geräusche zu hören. Er machte sich bereits gierig über sein Brot her, das für ihn gleichzeitig Frühstück und Mittagessen war.

Als Nori die Hälfte seines Brotes gegessen hatte, reichte er Tenzo die andere. »Hier. Als Entschädigung dafür, dass du wegen mir entdeckt worden bist.«

Tenzo sah ihm kurz in die Augen, dann nickte er und nahm das Brot.

Auch Ryu gab Tenzo den noch stattlichen Rest seines Reisbrotes. »Ich bin satt«, sagte er.

Nun sah Tenzo aufrichtig überrascht aus – so viel Entgegenkommen seiner Mitschüler hatte er offensichtlich nicht erwartet.

»Danke«, presste er hervor und widmete sich sogleich wieder seinem Essen.

Nach einer Weile betrat Sensei Okuse ihre Unterkunft und kam ohne Umschweife auf ihr recht unterschiedliches Abschneiden zu sprechen.

»Jotta hat mir gesagt, dass sie zwei von euch bemerkt hat. Das ist bedauerlich, aber nicht das Ende der Welt. Wir haben schließlich gerade erst mit dem Unterricht begonnen.« Sensei Okuse warf Nori und Tenzo einen aufmunternden Blick zu.

»Jotta hat mir aber auch gesagt, dass ihr vier Reisbrote fehlen. Gut gemacht, Asa und Ryu.« Er nickte den beiden anerkennend zu.

»Das ist einzig und allein Asas Verdienst«, sagte Ryu. »Ich habe Jottas Haus gar nicht betreten.«

Der Sensei zog eine Augenbraue hoch. »Und warum nicht, Ryu?«

»Weil Asa ihre Brote mit uns geteilt hat.«

»Hat sie das?« Sensei Okuse legte den Kopf schief und schwieg für einen Moment. »Wie ihr sicher wisst, sind Schatten nicht immer alleine unterwegs«, sagte er schließlich. »Oft bestreiten sie eine Mission zusammen mit anderen. Und nur wenn die Gruppe zusammenhält und zusammenarbeitet, ist sie in der Lage, ihr Ziel zu erreichen.« Sensei Okuse trat vor Asa hin. »Es ist gut, wenn ihr schon als Schüler lernt, an die Gruppe zu denken und nicht nur an euch alleine.« Er nickte Asa zu, dann schritt er vor ihnen auf und ab. »Aber wenn ich euch eine Aufgabe stelle, dann erwarte ich, dass ihr euch alle an ihr versucht. Dass ihr das umsetzt, was ich euch lehre.« Der Sensei blieb vor Ryu stehen. »Und daher hättest auch du versuchen müssen, Jotta eines ihrer Brote zu entwenden.«

Ryu, der unentwegt auf den Boden geblickt hatte, fixierte auf einmal seinen Lehrmeister. »Habt Ihr diese Aufgabe einst auch meinem Vater gestellt?«

»Das habe ich«, sagte Sensei Okuse, »wenngleich nicht hier, sondern an einem anderen Ort.«

»Und hat er sie erfüllt?«, fragte Ryu.

»Ja, das hat er«, antwortete der Sensei.

»Er hat also getan, was Ihr ihm gesagt habt. Er hat bestimmt immer getan, was Ihr ihm gesagt habt!«

In Ryus Stimme lag etwas Trotziges, das Nori zum ersten Mal an ihm bemerkte.

»Ja, Ryu«, bestätigte Sensei Okuse. »Dein Vater war ein wissbegieriger und äußerst ehrgeiziger Schüler. Und deshalb ist auch ein ausgezeichneter Ninja aus ihm geworden.«

»Und was hat ihm das gebracht?«, schrie Ryu. »Was hat es ihm gebracht, ein ausgezeichneter Ninja zu sein? Sagt es mir, Sensei!«

»Erfüllung«, entgegnete Sensei Okuse leise. »Ich hoffe, es hat ihm Erfüllung gebracht.«

Ryu schaute ihn durchdringend an, dann schüttelte er den Kopf und stürmte wortlos nach draußen. Bax jagte ihm nach, nicht aber ohne den Sensei vorher noch grimmig anzuknurren.

Ihr Lehrmeister stand mit traurigen Augen da und blickte geradewegs durch Nori und die anderen hindurch.

»Übt, wie Salamander zu kriechen«, wies er sie schließlich an. Dann verließ er ihre Unterkunft und Nori, Asa und Tenzo blieben verstört zurück.

Eine unerwartete Entdeckung

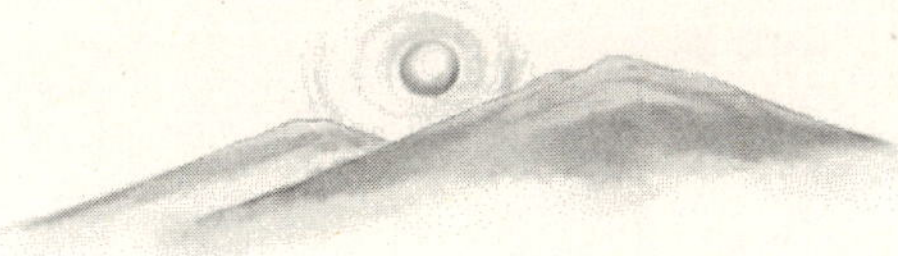

Irgendwann krochen Nori, Asa und Tenzo dann doch über den Boden, aber geschmeidig wie Salamander sahen sie dabei nicht aus. Dass sie kaum Fortschritte machten, lag auch daran, dass keiner von ihnen sich richtig konzentrieren konnte. Ryus Gefühlsausbruch war für sie alle unerwartet gekommen.

Nach etlicher Zeit kehrte Ryu zurück. Doch er schaute sie nicht einmal an und ging ohne ein Wort vorbei.

»Ryu, warte doch mal!«, rief Asa.

Aber Ryu, der wie immer Bax im Schlepptau hatte, wartete nicht. Er drehte sich nicht einmal um. Die Stufen knarzten drei-, viermal, dann war er mit großen Schritten im Obergeschoss verschwunden.

Asa stieg die Treppe hinauf. »Ich rede mit ihm.«

»Warte, ich komme mit«, sagte Nori kurz entschlossen.

Als sie im Schlafraum angelangt waren, standen die Schiebetüren zwischen ihren Betten offen. Sie gaben den Blick frei auf Ryu, der auf dem Boden saß und dabei war, seine wenigen

Habseligkeiten und Kleidungsstücke in seinem Rucksack zu verstauen.

Asa räusperte sich. »Du willst uns verlassen?«

Ryu blickte kurz zu ihnen auf, dann wandte er sich dem Hemd zu, das vor ihm lag.

»Ja«, sagte er und stopfte es in den Rucksack.

»Aber warum?«, fragte Nori.

Ryu schnürte seinen Rucksack zu. »Weil ich kein Ninja werden möchte«, sagte er leise.

»Warum hast du die Einladung in die Schule der Schatten dann angenommen?«, fragte Tenzo, der ihnen nach oben gefolgt war.

Zu Noris Überraschung antwortete Ryu auf Tenzos Frage.

»Weil ich bewundert habe, was mein Vater getan hat.« Ryus Augen füllten sich mit Tränen. »Weil es ihn stolz gemacht hätte, mich hier zu sehen. Und weil ich eines Tages ...« Er sprach nicht weiter.

Asa setzte sich zu ihm auf den Boden. Nori und Tenzo taten es ihr nach.

»Was ist mit deinem Vater passiert?«, sagte Asa behutsam.

Ryu schüttelte den Kopf. Die Tränen liefen ihm nun über die Wangen.

»Du musst nicht mit uns darüber sprechen, wenn du nicht möchtest.« Asa legte ihm die Hand auf den Arm. »Aber bitte triff keine überstürzte Entscheidung. Geh nicht einfach, Ryu. Du würdest nämlich einen verdammt guten Ninja abgeben.«

Ryu blickte erst auf Asas Hand, die auf seinem Arm ruhte, dann in ihre Augen.

»Ich meine es ernst«, sagte Asa. »Ich habe gesehen, wie du dich auf den knarzenden Holzdielen und auf den Blättern des Gingkobaumes bewegt hast. Ich habe gesehen, wie geschickt du unter dem Dach des großen Hauses warst, als wir wie Krabben seitwärts gehen mussten. Als Salamander hast du zwar keine besonders gute Figur gemacht, aber das hat keiner von uns.« Asa lachte und auch auf Ryus Lippen schlich sich ein leichtes Lächeln. Dann erstarb es, so schnell, wie es gekommen war.

»Nein«, sagte Ryu leise. »Ich habe Angst.«

»Vor was?«, fragte Tenzo.

Aber Ryu schwieg.

»Wir haben alle Angst vor bestimmten Dingen oder Ereignissen«, sagte Asa. »Doch es hilft, mit jemandem darüber zu reden. Mit Freunden.«

»Ich habe nur einen Freund«, sagte Ryu und strich Bax über sein schwarz-weißes Fell.

»Du irrst dich«, sagte Asa entschieden. »Du hast uns.«

Ryu sah sie überrascht an.

»Wir, Ryu, können deine Freunde sein. Nori, ich, ja sogar Tenzo will

nicht, dass du gehst! Sonst wäre er nicht heraufgekommen.« Asa lachte und erneut wirkte ihr Lachen ansteckend.

Nori hatte das Gefühl, dass es jetzt an ihm war, etwas zu sagen und Ryu zum Bleiben zu bewegen.

»Ich habe auch Angst, Ryu.«

Alle Augen richteten sich auf ihn. Auf einmal hatte Nori einen Kloß im Hals, aber es gab kein Zurück. Er hatte angefangen, jetzt musste er auch weitermachen.

»Vor jeder Übung und vor jeder Aufgabe, die der Sensei uns stellt, habe ich Angst. Angst, dass ich nicht gut genug bin. Dass ich nicht mit euch mithalten kann.«

Nori schämte sich seines Eingeständnisses, aber es war schon heraus. Und irgendwie war ihm nun leichter ums Herz.

Schweigend saßen sie da, dann ergriff Asa wieder das Wort.

»Überlege es dir, Ryu. Es ist einzig und allein deine Entscheidung. Aber wir würden uns freuen, wenn du bei uns bleibst.« Sie drückte noch einmal seinen Arm, dann erhob sie sich. »Wir kriechen in der Zwischenzeit weiter über den Holzboden. Du erkennst uns an unseren Schwänzen und unserer schwarz-gelben Haut.«

Ryu musste lachen, und Asa bedeutete Nori und Tenzo, ihr zu folgen.

Unten angekommen wechselten sie keine Worte, nur Blicke. Aus Asas und Tenzos Augen sprach das, was Nori auch selbst empfand: Unsicherheit und Ungewissheit darüber, was Ryu nun tun würde.

Um sich abzulenken, legten sie sich bäuchlings hin und fingen wieder an, über den Boden zu kriechen.

Nach einer Weile vernahmen sie hinter sich eine Stimme.

»Ist hier noch Platz für einen vierten Salamander?«

»Und ob!«, rief Asa lachend. »Salamander fühlen sich zu viert am wohlsten!«

Sensei Okuse lächelte, als er sah, dass nicht nur drei, sondern vier Schüler über den Boden krochen. Er bedeutete ihnen aufzustehen, dann trat er vor Ryu, legte ihm beide Hände auf die Schultern und drückte sie.

»Ryu, du sollst wissen, dass es mich sehr glücklich macht, weiterhin dein Lehrer zu sein. Aber ich erwarte auch, dass du meinen Anweisungen künftig Folge leistest.«

Ryu nickte kaum merklich. Sensei Okuse musterte ihn, dann wandte er sich an Asa, Tenzo und Nori.

»Euch spreche ich meinen Dank aus. Denn ich glaube, ihr habt einen erheblichen Anteil daran, dass Ryu bei uns bleibt.«

Damit hatte ihr Lehrmeister wahrscheinlich recht, wobei Nori glaubte, dass es in erster Linie Asas Verdienst war.

»Es freut mich, dass eure Bande zueinander stärker werden«, fuhr der Sensei fort. »Denn das hilft jedem Einzelnen von euch. Und nun, meine Schüler, folgt mir bitte.«

Sensei Okuse verließ schnellen Schrittes ihre Unterkunft und Nori und die anderen taten dasselbe.

Draußen sahen sie Jotta, die am Brunnen Wasser holte. Als sie die Schüler bemerkte, lächelte sie, trotz aller Anstrengung, die es sie kostete, den vollen Wassereimer nach oben zu ziehen. Aki und Ikki schirrten gerade den Esel an einen zweirädrigen Karren. Doch auch sie hielten inne, als sie Nori und die anderen sahen, und winkten ihnen fröhlich zu.

Der Sensei steuerte auf das große Haus zu, unter dessen Dach Nori und die anderen geübt hatten, wie Krabben seitwärts zu gehen, von dem aber keiner von ihnen wusste, was sich im Inneren befand.

»Geht hinein und seht euch um«, sagte ihr Lehrmeister und hielt ihnen die Tür auf.

Tenzos Augen weiteten sich. Und auch Nori war begierig darauf, zu erfahren, welches Geheimnis dieses Haus barg, das von außen wie ein sehr großes, aber doch gewöhnliches Bauernhaus anmutete. Kaum hatten sie es alle betreten, schloss der Sensei von außen die Tür und ließ sie alleine.

Sie befanden sich in einem langen, leeren Korridor. Nur drei in gleichmäßigen Abständen angeordnete Schiebetüren gab es. Tenzo hielt auf die mittlere zu, während Ryu und Bax nach rechts gingen und Asa nach links. Nori entschied sich, ihr zu folgen.

Die polierten Dielen unter ihren Füßen klangen ganz anders, als sie es vom Holzboden in ihrer Unterkunft gewohnt waren:

Sie knarzten nicht, sondern quietschten in verschiedenen Tonlagen.

Asa öffnete die Schiebetür und sie traten ein. Vor ihnen lag ein leeres Zimmer, dessen Boden mit Strohmatten ausgelegt war. An der Wand am anderen Ende hing ein großer Wandteppich. Ansonsten war der Raum frei von jedem Schmuck.

»Ist das der Empfangsraum?«, fragte Nori.

»Ich glaube, ja«, erwiderte Asa.

Der Empfangsraum, wenn es denn einer war, besaß zwei Türen: die, durch sie gekommen waren, und eine Schiebetür, die aus durchscheinendem Papier bestand und schon ein wenig von dem Raum preisgab, der sich dahinter befand. Gerade als Nori sie öffnen wollte, tauchte auf der anderen Seite ein Schatten auf. Nori zuckte unwillkürlich zurück. Dann ging die Tür auf und vor ihm stand Tenzo. Als er sah, dass Nori sich erschreckt hatte, fing er an zu grinsen.

»Keine Angst, Bauernjunge, bin nur ich«, sagte er und schob sich an ihm vorbei.

Den »Bauernjungen« überhörte Nori geflissentlich. Stattdessen betrat er den nächsten Raum. Auch hier war der Boden mit Strohmatten ausgelegt. In der Mitte des Zimmers befanden sich ein niedriger Tisch und Sitzkissen. Außerdem gab es einen großen Schrank und eine Feuerstelle.

»Das ist also der Wohn- und Essraum«, sagte Nori mehr zu sich selbst als zu Asa.

»Ist dir aufgefallen, dass hier acht Sitzkissen liegen?«, entgegnete Asa. »Wieso acht?«

»Ich weiß es nicht«, sagte Nori und öffnete die Tür, die nach nebenan führte. Augenblicklich schlüpfte Bax hindurch und dann stand auch schon Ryu vor ihm.

»Da ist bloß die Küche.« Ryu nickte mit dem Kopf in die Richtung, aus der er gerade kam. »Und der Vorratsraum. Beide sind ziemlich seltsam.«

»Komm, Nori, die schauen wir uns an«, sagte Asa neugierig.

Die Küche war vollständig eingerichtet, besaß eine hölzerne Spüle und einen Herd. Auf einer Anrichte standen Kochtöpfe und ein Teekessel, in einem Regal Schälchen, Teller und Tassen. An der Wand hingen hölzerne Schaber und Kochlöffel. Es gab alles, was man in einer Küche erwartete. Aber nichts davon sah aus, als würde es tatsächlich benutzt werden. Es war viel zu aufgeräumt.

Im Vorratsraum bot sich ihnen ein ähnliches Bild. Es gab einige offene Fässer, die nichts enthielten. Brennholz, das bis zur Decke aufgeschichtet war und von dem augenscheinlich kein Scheit fehlte. Und jede Menge Reissäcke, die keinen Reis enthielten.

Ansonsten war da nur noch die Hintertür des Hauses, deren Riegel vorgeschoben war. Ess- oder Kochbares suchte man vergebens.

»Ein Vorratsraum ohne Vorräte ... Was ist das bloß für ein Haus?«, sagte Asa leise.

Nori wollte gerade antworten, dass er nicht die geringste Ahnung hatte. Doch dann vernahm er das aufgeregte Bellen von Bax. Schnellen Schrittes gingen sie in den Korridor zurück, wo Ryus Hund zielstrebig über die polierten Holzdielen lief. Die Schnauze hielt er dabei dicht am Boden. Und immer wieder bellte er laut.

»Schnuppert er etwas?«, fragte Tenzo, der jetzt auf sie zukam.

Ryu nickte.

»Aber da ist doch nichts!«, sagte Nori.

»Vielleicht doch.« Asa legte sich bäuchlings auf den Boden und presste die Nase auf die Holzdielen. »Schaut mal durch den Spalt zwischen den Brettern!«

Nori suchte sich eine Stelle aus, wo die Dielen nicht so eng verlegt waren, und blickte angestrengt durch einen Spalt nach unten.

Die Bauernhäuser, die Nori kannte, waren alle unmittelbar auf den bestehenden Untergrund gebaut. Mitunter wurden zuerst Steine zusammengetragen, auf denen man dann den Boden und die Wände errichtete. Die Mühe, Erdreich für einen Keller auszuheben, machte sich kaum jemand.

Hier aber schien es so gewesen zu sein. Nori erkannte beim Blick durch die Spalte keine Steine unter sich. Und da kam auch nicht gleich das Erdreich. Stattdessen sah es so aus, als wäre der Boden gut und gerne eine Stablänge entfernt.

»Ist das ein Keller?«, fragte er verblüfft.

»Da unten ist jedenfalls etwas.« Asa ging in die Hocke und bewegte sich dicht über den Dielen durch den Korridor. Dann verharrte sie plötzlich.

»Kommt mal her!«, rief sie.

Nori, Ryu und Tenzo scharten sich um sie. Und nun sahen auch sie, was Asa als Erste bemerkt hatte: Die Holzdielen wiesen an dieser Stelle nicht das gewohnte Muster auf. Während sie überall sonst gut und gerne zwei oder sogar drei Stablängen maßen, waren sie hier auf weniger als eine gekürzt. Und das an der exakt selben Stelle.

»Geht mal einen Schritt zurück«, sagte Tenzo.

Nori und die anderen machten Platz. Tenzo fasste mit den Fingern in die Spalten zwischen den Dielen. Dann hob er ein Stück Holzboden hoch.

»Eine Luke.« Tenzo legte das Stück Boden neben sich ab.

Nori blickte in das Loch unter ihnen. Ein Loch, das gar keines war: Es hatte eindeutig eine längliche Form.

»Das ist kein Keller!«, entfuhr es ihm. »Das ist ein geheimer Gang!«

Geheime Wege

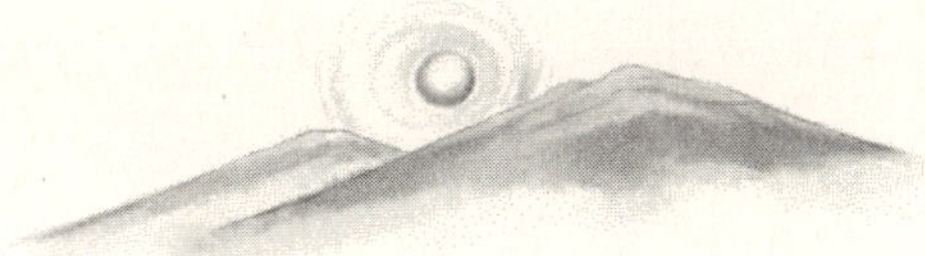

Während sie vor dem Einstieg in den geheimen Gang standen, bellte Bax die Schiebetür zum Empfangsraum an.

»Er wittert etwas«, sagte Ryu. »Oder eher: jemanden. Ich denke, während wir uns die Räume hier oben angesehen haben, war jemand in diesem unterirdischen Gang unterwegs.«

»Ein Grund mehr herauszufinden, wo er hinführt!« Tenzo sprang in das Loch. Dann machte er sich klein und verschwand im Gang in die eine Richtung. Asa sprang ebenfalls hinunter, duckte sich und ging in die andere Richtung.

Nori schaute ihr eine Weile durch den Spalt zwischen den Dielen nach, ehe er Ryu und Bax in den Empfangsraum folgte.

»Ich kann euch sehen!«, hörten sie unter sich die vergnügte Stimme von Tenzo.

Kurz darauf wurde in der Mitte des Raumes ein Stück Holzboden hochgehoben und Tenzos Kopf kam zum Vorschein. Er legte die Bodenplatte neben sich ab und kletterte aus dem Loch.

»Der Gang endet hier. Wenn ihn jemand benutzt hat, muss er hier rausgekommen sein.«

Bax bellte währenddessen die Schiebetür an, die zum Wohn- und Essraum führte.

»Hat er eine Fährte aufgenommen?«, fragte Tenzo.

Ryu nickte, und Nori, der direkt neben der Tür stand, öffnete sie. Er warf einen Blick in den Wohn- und Essraum, aber er war leer … Oder doch nicht? Bax jedenfalls schlüpfte an ihm vorbei und wieselte zielstrebig auf den großen Schrank in der hinteren Ecke zu.

Tenzo legte den Zeigefinger auf die Lippen und bedeutete ihnen still zu sein. Er schlich auf den Schrank zu, warf ihnen einen triumphierenden Blick zu und riss die Tür auf. Dann blickte er ein weiteres Mal zu Nori und Ryu, doch diesmal sprach Ratlosigkeit aus seinen Augen.

»Da ist gar niemand«, sagte er verblüfft.

Nori und Ryu gingen zu ihm und schauten in den Schrank. Er war leer. Es gab keine Fächer, keine Dinge, die dort aufbewahrt wurden, und es verbarg sich auch niemand in ihm. Seltsam war nur, dass Bax den Schrank nach wie vor anbellte.

»Was macht ihr da?«

Nori, Tenzo und Ryu drehten sich um und sahen Asa auf sich zueilen.

»Wo kommst du auf einmal her?«, fragte Nori.

»Stellt euch vor: Der Gang endet im Freien neben dem Haus!« Asas Augen leuchteten vor Aufregung. »Da gibt es eine Luke. Auf der Oberseite sind kleine Steine befestigt, damit man sie nicht als Luke erkennt!«

»Das erklärt manches«, sagte Ryu. »Wen auch immer Bax gewittert hat, er muss dort draußen eingestiegen sein.«

»Ich glaube, ich weiß auch, wer das war«, sagte Asa. »Ich bin nämlich durch die normale Tür ins Haus zurück – und wisst ihr, wer da nicht mehr stand: der Sensei.«

»Wir dachten, dass hier jemand im Schrank ist«, sagte Nori und erzählte Asa, was in der Zwischenzeit passiert war.

»Aber zum Sensei passt es eigentlich nicht, sich in einem Schrank zu verstecken, oder?«, wandte Asa ein.

»Dann hat uns Ryus Hund auf eine falsche Fährte geführt«, sagte Tenzo.

»Da wäre ich mir nicht so sicher«, entgegnete Ryu, der den Blick starr auf Bax gerichtet hielt. Sein Hund war mittlerweile in den Schrank gehüpft und bellte noch immer.

»Da stimmt was nicht.« Ryu stieg nun selbst in den Schrank und fing an, die Wände abzutasten. »Hier ist eine kleine Vertiefung in der Rückwand«, sagte er schließlich und griff hinein. Einen Moment lang passierte nichts, doch dann bewegte sich ein Teil der Schrankrückwand.

Ryu schob sie zur Seite, und Nori erblickte einen Raum, in

dem sich aufgeschichtetes Brennholz, offene Fässer und leere Reissäcke befanden. Einen Raum, den er nicht zum ersten Mal zu Gesicht bekam. Der Schrank war gar kein Schrank, sondern eine geheime Verbindungstür zwischen Wohnraum und Vorratsraum. Bax sauste als Erster hinein, gefolgt von Nori und den anderen.

»Siehst du«, sagte Ryu zu Tenzo. »Bax hat uns nicht auf eine falsche Fährte geführt.«

Tenzo nickte nur und ging zur Hintertür des Vorratsraumes. Doch der Riegel war noch immer von innen vorgeschoben. Und das bedeutete, dass derjenige, dem sie hier auf der Spur waren, nicht auf diesem Weg geflüchtet sein konnte. Er musste sich noch im Haus befinden.

»Nori!«, rief auf einmal Asa, die im Durchgang zur Küche stand. »Als wir vorhin hier waren, wo war da der Teekessel?«

»Ich glaube, er stand auf der Anrichte.« Nori überlegte einen Moment. »Ja, ich bin mir sicher. Warum?«

Asa antwortete nicht. Nori drängte sich an ihr vorbei und ließ den Blick durch die Küche schweifen. Der Teekessel stand nun nicht mehr neben den Töpfen auf der Anrichte, sondern auf dem Herd. Und unter ihm knisterte ein Feuer.

Mit großen Augen blickte Nori Asa an. Dann fühlte er den Teekessel. Er war noch kalt. Auch das Feuer sah aus, als wäre es gerade erst entzündet worden.

»Ich glaube, da will uns jemand eine Lektion erteilen«, sagte Asa. »Eine Lektion in Sachen Unsichtbarkeit.«

»Oder der Sensei will uns einfach nur zum Narren halten«, murmelte Tenzo.

»Jedenfalls sollten wir versuchen, ihn zu finden«, meinte Nori und trat in den Korridor. Erneut quietschten die polierten Holzdielen unter seinen Füßen. Zu sehen war niemand. Wo in aller Welt steckte Sensei Okuse?

»Oh nein!«, stöhnte auf einmal Ryu hinter ihm. »Sind wir dämlich!«

Nori drehte sich zu ihm um und sah ihn fragend an.

Ryu schüttelte ungläubig den Kopf. »Wir haben dieses Haus doch alle von außen gesehen.«

»Ja, haben wir. Und weiter?«, fragte Tenzo ungeduldig.

»Was würdet ihr sagen: Wie viele Stockwerke hat es?« Ryu blickte von einem zum anderen.

»Zwei. Das hier und das Obergeschoss«, gab Tenzo zur Antwort. »Und vermutlich noch einen Dachboden.«

»Das denke ich auch«, sagte Ryu. »Aber seltsamerweise gibt es gar keine …«

»Treppe!«, stieß Asa aus. Sie schlug sich mit der flachen Hand an die Stirn. »Wie konnten wir das übersehen? Es gibt gar keine Treppe hier!«

Ryu nickte. »Aber irgendwie muss man doch nach oben gelangen. Wenn es keine gewöhnliche Treppe gibt, dann muss es zumindest eine Leiter oder etwas in der Art geben. Die Frage ist nur: Wo?«

Und noch eine weitere Frage stand im Raum. Es war Nori, der sie schließlich aussprach: »Wo steckt eigentlich Bax?«

Ryu zuckte mit den Schultern. Er wusste es genauso wenig wie die anderen. Nachdem sie das knisternde Feuer und den Teekessel auf dem Küchenherd entdeckt hatten, hatte auch er nicht mehr auf seinen Hund geachtet. Dabei konnte Bax ihnen wahrscheinlich am besten helfen, dem »Geist«, der sich hier herumtrieb, auf die Spur zu kommen.

»Ich schlage vor, wir teilen uns auf«, sagte Asa.

Und das taten sie dann auch. Nori und Asa gingen den Korridor entlang, Ryu und Tenzo nahmen den Weg durch die Küche und den Wohn- und Aufenthaltsraum. Fast gleichzeitig trafen sie im Empfangsraum ein – und dort befand sich auch Bax. Er hatte seine Zähne in den großen Teppich gebohrt und versuchte, ihn von der Wand zu zerren.

»Was macht er denn da?«, fragte Tenzo.

»Das einzig Richtige.« Asa rollte mit den Augen. »Wir sind wirklich dämlich!«

»Allerdings«, pflichtete ihr Ryu bei.

Und auf einmal wusste auch Nori, was die beiden meinten. Keinem von ihnen war aufgefallen, dass dieser Raum kürzer war als der Wohn- und Essraum nebenan. Nicht viel, aber doch ein bis zwei Stablängen.

Ryu ging zu Bax, tätschelte ihm die Seite und schlug dann den Wandteppich zur Seite. Dahinter verbarg sich eine Öffnung, durch die gut und gerne ein erwachsener Mann hindurchpasste.

»Ich wette, da haben wir unsere Treppe«, sagte Tenzo und drängte sich an Ryu vorbei durch die Aussparung in der Wand.

Kurz darauf drehte er sich mit verstörtem Blick zu ihnen um. »Oder doch nicht.«

Nori steckte den Kopf durch die Öffnung und sah sich um. Es war dunkel, denn Fenster besaß der geheime Raum nicht. Das Licht, das durch die Wandöffnung fiel, genügte jedoch, um das Wichtigste zu erkennen: Hier gab es keine Treppe. Es gab gar nichts, außer einem Speer, der an der Wand befestigt war.

Nori zog den Kopf zurück und übernahm den hochgeklappten Teppich von Ryu, damit der selbst hindurchschauen konnte.

»Was ist das für ein Raum?«, fragte Nori.

»Ich würde sagen: ein verborgener Raum für einen Wachmann, der nicht gesehen werden will«, antwortete Ryu. Dann ließ er Asa einen Blick hineinwerfen.

»Das denke ich auch«, sagte sie, als sie den Kopf zurückzog. »Aber mittlerweile glaube ich nicht mehr, dass das hier ein Bauernhaus ist.«

Auch Tenzo kehrte in den Empfangsraum zurück. »Dieser

Wachraum bringt uns dem Obergeschoss kein bisschen näher«, schimpfte er.

In diesem Augenblick drehte sich auf einmal ein Teil der Decke um die eigene Achse und klappte herunter.

Asa riss erstaunt die Augen auf. »Da haben wir unsere Treppe!«

Nori ließ den Teppich los und eilte zu ihr. Genau wie bei den Zugängen zu dem geheimen unterirdischen Gang waren die Deckenhölzer über ihnen sauber durchtrennt. Die heruntergeklappten Dielen waren mittig an einer Eisenstange befestigt, dank der sie sich um die eigene Achse drehen konnten. Und auf der oberen Seite des jetzt beinahe senkrecht stehenden Stücks Decke waren tatsächlich Treppenstufen angebracht.

Asa stellte sich hinter die heruntergeklappte Treppe, drückte ein wenig dagegen und schon schnellte sie wieder nach oben. Die Stufen verschwanden und dann war von unten lediglich noch eine gewöhnliche Holzdecke zu sehen. Nur wer genau hinschaute, erkannte, dass sie an dieser Stelle nicht das sonstige Muster zeigte, sondern dass die Bretter an derselben Stelle zersägt worden waren. Doch dafür musste man schon sehr genau hinsehen. Oder einen Grund haben, sehr genau hinzusehen.

Tenzo streckte die Hand nach oben und schaffte es gerade so, die Decke zu berühren. Um ihr einen Schubs zu verpassen, war er aber deutlich zu klein.

»Wie sollen wir diese geheime Treppe wieder herunterklappen? Keiner von uns ist dafür groß genug!«, jammerte er.

Wortlos klappte Asa den Teppich zur Seite und stieg in den verborgenen Wachraum. Als sie zurückkehrte, hielt sie den Speer in der Hand.

»Damit!«, sagte sie und drehte den Speer so, dass die Spitze zum Boden zeigte. Das stumpfe Ende drückte sie kraftvoll gegen die falsche Holzdecke. Sie drehte sich um die eigene Achse, und die Treppe klappte herunter, bis sie schließlich auf dem mit Strohmatten bedeckten Boden aufsetzte. Das Ganze dauerte nur zwei oder drei Sekunden und ging völlig geräuschlos vonstatten.

»Unglaublich.« Ryu schüttelte den Kopf.

»Dieses Mal steigen wir aber nach oben«, sagte Tenzo und setzte den Fuß auf die erste Stufe.

Asa ging als Nächste, dann kam Nori und am Ende Ryu. Bax blieb im Empfangsraum – für ihn war die beinahe senkrechte Treppe zu steil.

Oben angekommen, blickte Nori sich um. Sie befanden sich in einem schmalen und menschenleeren Raum. Möbel gab es keine. Und auch keine Türen.

»Eine Sackgasse?«, stieß er aus.

»Das kann nicht sein«, sagte Asa und fing an, die Wände zu untersuchen. »Jemand hat für uns die Treppe heruntergelassen. Und das heißt, irgendwo muss dieser Jemand sein.«

»Nenne ihn ruhig beim Namen«, forderte Tenzo sie auf. »Sag Sensei Okuse.«

Asa ging nicht darauf ein, stattdessen blickte sie zur Holzdecke.

»Du meinst, er ist über uns?« Nori schaute nun selbst nach oben. Doch hier gab es keine Unterbrechung im Muster. Die Bretter waren nicht zersägt. Keine Stelle, wo sich eine weitere drehbare Treppe verbergen konnte.

Asa senkte den Blick. »Da ist nichts«, sagte sie enttäuscht.

»Dann muss es irgendwo eine Tür geben.« Ryu blickte sich um.

Der Raum war auf drei Seiten durch Außenmauern begrenzt, es gab nur eine einzige Innenwand. Dort mussten sie suchen.

Nori fing an, sie abzutasten. Doch da, wo er suchte, befand sich nichts Verdächtiges.

Dafür wurde Tenzo fündig. »Hier!«, rief er aufgeregt und schob ein Stück der Holzvertäfelung beiseite. Geräuschlos glitt sie hinter den Rest der Wand.

»Darf ich bitten?« Tenzo machte eine einladende Handbewegung. »Der nächste Teil dieses wundersamen Hauses.«

Nori ging durch die Lücke in der Wand und merkte augenblicklich, dass Tenzo unrecht hatte. Sie waren nicht nur in einen weiteren Raum vorgedrungen, sondern vielmehr in das Herz dieses Hauses: eine lichtdurchflutete Halle, so breit wie das ganze Gebäude und auch beinahe so lang. Der Boden war durchgängig mit Binsenmatten ausgelegt, durch die großen Fenster drang von zwei Seiten Tageslicht. An den Wänden dazwischen hingen einfache Bambusstöcke, Speere und Katanas. Kunstvolle Gemälde zeigten Ninja im Kampf.

Das alles ließ nur einen Schluss zu: Sie standen in einer Trainingshalle. Einem Dojo, das sie alle mit Ehrfurcht erfüllte. Keiner von ihnen sprach ein Wort. Stattdessen schritten sie langsam über die mit Stroh gefüllten Binsenmatten, die jeden Sturz ab-

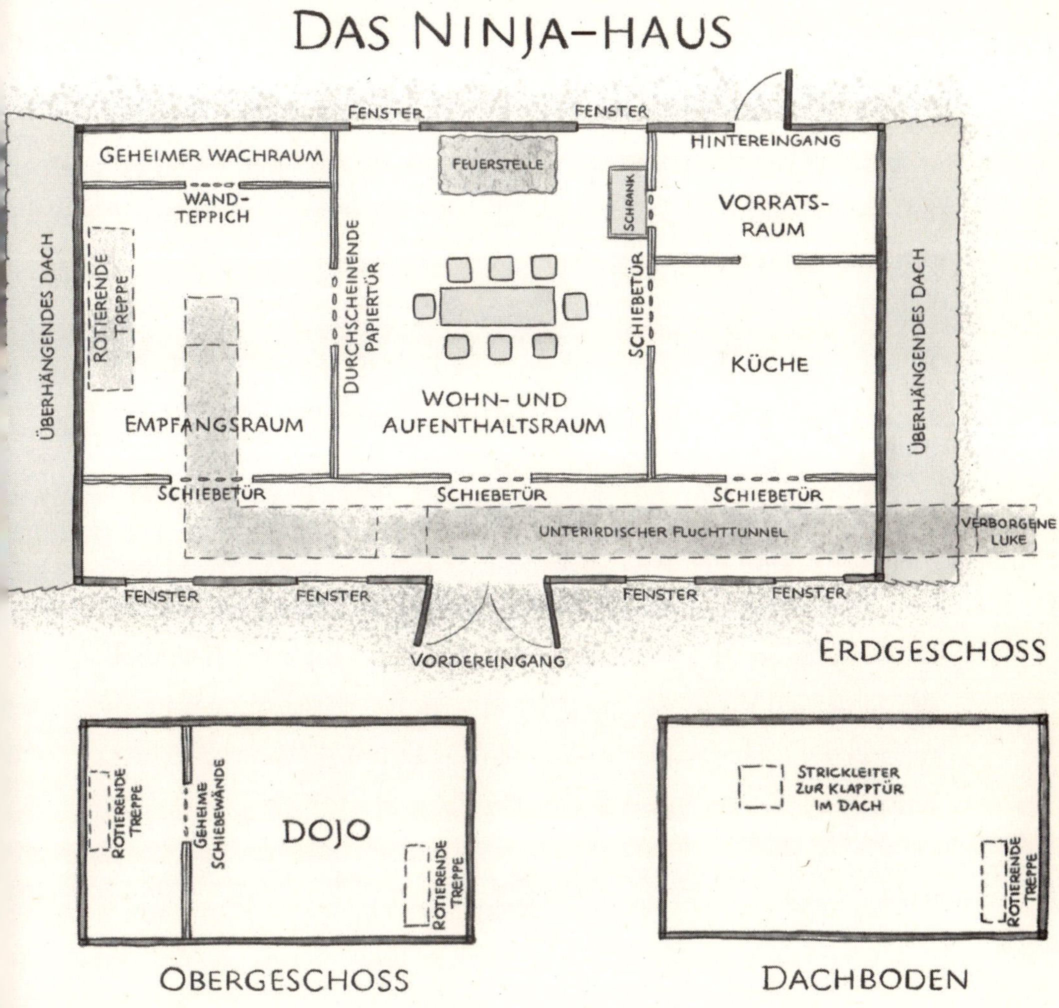

federn würden, betrachteten die Wandgemälde und schließlich auch die Waffen.

Es war Tenzo, der das Schweigen schließlich brach. »Hier werden wir trainieren«, sagte er feierlich.

»Ja, das werdet ihr«, ließ sich eine vertraute Stimme vernehmen. Sie kam von oben.

Sie alle blickten zur Decke, und im selben Moment klappte ein Stück von ihr nach unten, genauso wie es im Empfangsraum gewesen war. Eine Treppe kam zum Vorschein und herab stieg Sensei Okuse.

»Tenzo hat recht«, sagte er. »Hier werde ich euch im unbewaffneten und bewaffneten Kampf unterrichten.« Er stieg von der untersten Stufe, trat neben die Treppe und gab ihr einen Schubs, der sie wieder nach oben klappen ließ. »Aber nicht heute. Und auch nicht morgen.« Der Sensei blickte ihnen fest in die Augen. »Bevor ihr Schattenkämpfer werden könnt, müsst ihr erst Schatten werden.«

Tenzo gab einen Laut der Enttäuschung von sich.

»Gräme dich nicht, Tenzo«, sagte der Sensei. »Übe dich stattdessen in Geduld. Und in der Kunst der Unsichtbarkeit. Ihr alle müsst euch darin üben. Auch darum gibt es dieses Haus und all die geheimen Wege, die hindurchführen. Ihr müsst lernen, sie zu meistern. Doch darüber wollen wir lieber unten weitersprechen. Ich denke, das Teewasser kocht bereits.«

Die Künste der Ninja

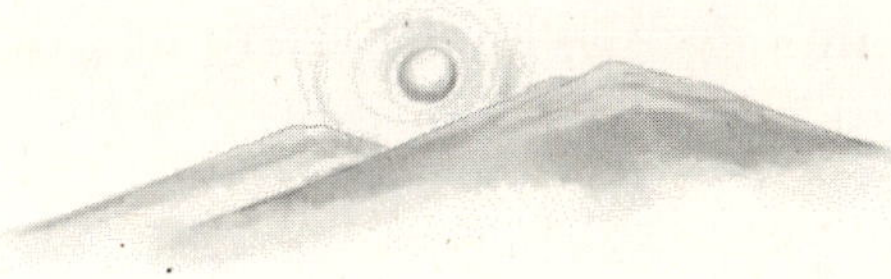

Sie ließen die Treppe in den Empfangsraum herunter, wo Bax bereits freudig bellend auf sie wartete. Dann öffnete Sensei Okuse die durchscheinende Papiertür zum Wohn- und Essraum und bat sie herein.

Zu Noris Überraschung saßen um den niedrigen Tisch in der Raummitte Jotta, Aki und Ikki. Mit einem Mal verstand er, warum in diesem Raum acht Sitzkissen lagen. Doch warum hatte der Sensei diesmal seine Helfer dazugeholt?

»Ich war so frei, den Kessel vom Herd zu nehmen und schon einmal Tee aufzugießen.« Jotta deutete auf die große Kanne auf dem Tisch.

»Wunderbar«, sagte der Sensei und bedeutete Nori und den anderen, sich zu setzen.

Jotta und der Sensei saßen an den beiden Kopfenden des Tisches. Asa, Tenzo und Ryu ließen sich auf den drei Kissen auf der freien Seite nieder und Nori gesellte sich zu Aki und Ikki.

Nori wusste nicht, welcher der Zwillingsbrüder neben ihm saß.

Doch dann grinsten die beiden und Nori bemerkte die Zahnlücke an seinem Tischnachbarn. Er hatte also Ikki neben sich.

»Aufregend, nicht wahr?«, kicherte Ikki. »Das erste Mal im Ninja-Haus – ein besonderer Moment für alle Schüler.«

»Oh ja«, stimmte sein Zwillingsbruder mit ein. »So viele geheime Wege und Türen.«

»In der Tat«, sagte der Sensei. »Doch nun, meine Schüler, kennt ihr sie. Die meisten jedenfalls. Einen weiteren geheimen Weg werdet ihr im Dachboden finden. Ein Fluchtweg, um genau zu sein, der aber natürlich auch als Einstieg genutzt werden kann.« Er griff zur Teekanne und goss ihnen mit ruhiger Hand ein. »Wie ihr gemerkt habt, ist das hier kein gewöhnliches Bauernhaus«, fuhr der Sensei fort. »Es ist vielmehr, wie Ikki schon gesagt hat, ein Ninja-Haus. Als solches ist es bestens geeignet, um mit unliebsamen Besuchern Katz und Maus zu spielen.« Er nahm einen vorsichtigen Schluck Tee aus seiner dampfenden Tasse. »Doch um euch nicht unnötig zu beunruhigen: Ich gehe nicht davon aus, unliebsamen Besuch zu bekommen. Dennoch ist es immer gut, gewappnet zu sein.« Wieder nippte er an seinem Tee. »In erster Linie dient dieses Ninja-Haus aber eurer Übung.«

Sensei Okuse stellte die Tasse ab und blickte in die Runde. »Morgen werde ich euch hier Aufgaben stellen, die ihr erfüllen müsst, ohne von Aki, Ikki und Jotta gesehen zu werden. Denn sie werden morgen Wachen spielen.«

Jotta lächelte die Schüler freundlich an, während Aki und Ikki verlegen kicherten.

»Die Bedingungen werden so sein, als ob ihr wirklich in ein feindliches Gebäude eindringt«, erklärte der Sensei. »Unerkannt natürlich – und selbstredend dürft ihr auch keine Hand an die Wachen legen. Denn das solltet ihr im Ernstfall auch nicht tun, solange es sich irgendwie vermeiden lässt. Nichts versetzt Wachposten in größere Alarmbereitschaft, als wenn einer von ihnen kampfunfähig aufgefunden wird.«

Der Sensei ließ seine Worte wirken. »Und nun«, sagte er nach einer Weile, »trinkt euren Tee, während ich euch ein paar Dinge über die Kunst des Unsichtbarseins erzähle.«

Nori griff zu seiner Tasse.

»Jotta, Aki und Ikki werden sich verhalten wie gewöhnliche Wachen«, sprach der Sensei weiter. »Ihr könnt euch an ihnen vorbeischleichen. Ihr könnt euch verstecken, bis sie sich woandershin begeben. Oder ihr versucht, ihre Aufmerksamkeit von euch abzulenken.«

Sensei Okuse wandte sich Tenzo zu. »Deine Mutter hat dir gewiss erzählt, wie Schatten das bewerkstelligen.«

Tenzo musste nicht lange überlegen. »Schatten werfen manchmal Kieselsteine oder andere kleine Gegenstände an Wachen vorbei. Das leise Geräusch schreckt die Wachen auf und sie schauen kurz in eine andere Richtung.«

Der Sensei nickte. »Diesen Moment kann ein schneller und gewandter Ninja nutzen und an der Wache vorbeischleichen. Aber bedenkt eines, meine Schüler: Dieser Trick funktioniert nur bei unaufmerksamen, dummen oder betrunkenen Wachen. Es liegt an euch, herauszufinden, ob eine Wache eine dieser Eigenschaften besitzt.«

Nori blickte zu Jotta, die im Rahmen ihrer Übung eine feindliche Wache sein würde. Er konnte sich nicht vorstellen, dass Jotta jemals betrunken war – schon gar nicht am helllichten Tag. Auch für dumm hielt er sie in keiner Weise. Aber war sie unaufmerksam? Vielleicht manchmal.

Und Aki und Ikki? Die beiden Brüder waren herzlich und fröhlich, aber die Hellsten schienen sie nicht zu sein. Außerdem waren sie im richtigen Leben Landarbeiter. Fraglos fleißig und geschickt auf den Reisfeldern, aber als Wachposten vermutlich nicht besonders brauchbar. Oder täuschte er sich da? Eine feindliche Wache zu unterschätzen, konnte auch bei ihren Übungen ein folgenschwerer Fehler sein – und Fehler konnte sich Nori nicht erlauben. Nicht, wenn er eh schon der schlechteste Schüler in der Schule der Schatten war. Jedenfalls schätzte er sich selbst so ein. Und er war sich sicher, dass er damit richtiglag. Leider.

»Zur Kunst des Unsichtbarseins gehört auch das Wissen um

Licht und Schatten«, fuhr der Sensei fort. »Wie ihr bemerkt habt, gibt es in den meisten Räumen dieses Hauses Fenster. Und im Rahmen unserer Übungen werden mit Sicherheit auch draußen Wachen postiert sein. Daher solltet ihr euch, wenn ihr euch im Haus befindet, von den Fenstern fernhalten. Vor allem, wenn sich hinter euch eine weitere Lichtquelle befindet. Etwa ein weiteres Fenster, durch das Sonnenlicht fällt, ein Feuer oder eine brennende Kerze – denn wir werden auch nach Einbruch der Dunkelheit üben. Schließlich ist die Dunkelheit der Freund aller Ninja.«

Sensei Okuse nahm einen großen Schluck aus seiner Tasse. »Kerzenlicht jedoch ist verräterisch. Genau wie jede andere Lichtquelle. Deshalb bewegt sich ein Ninja immer hinter ihr, um keinen Schatten zu werfen.«

Der Blick ihres Lehrmeisters fiel auf Bax.

»Für Ninja spielt auch der Wind eine große Rolle. Weiß ein Ninja nämlich von Wachhunden, nähert er sich stets gegen den Wind, damit die Hunde ihn nicht wittern können.« Sensei Okuse stellte seine leere Tasse auf dem Tisch ab. »Ihr seht, die Kunst des heimlichen Eindringens ist eng verbunden mit der Kunst des Unsichtbarseins. Und das gilt für sämtliche Künste der Ninja: Nur wer sie alle beherrscht, kann siegen. Nur wer sie alle meistert, kann ein wahrer Schatten werden.«

Ein längeres Schweigen trat ein. »Und nun entschuldigt mich bitte. Ich bin es gewohnt, zeitig zu Bett zu gehen.« Der Sensei erhob sich. »Euch, meinen Schülern, rate ich, dasselbe zu tun. Es ist einfacher, unsichtbar zu sein, wenn man ausgeschlafen ist.«

Nori und die anderen beherzigten den Rat ihres Lehrmeisters. Sie gingen früh zu Bett und standen am nächsten Morgen zeitig auf. Alle, bis auf Tenzo, der wieder nicht aus den Federn kam. Doch diesmal fackelten die drei anderen nicht lange und weckten ihn rasch. Das gefiel Tenzo zunächst nicht, ließ ihn dafür aber in den Genuss eines richtigen Frühstücks kommen. Derart gestärkt begaben sie sich zu dem großen Haus, das nun nicht länger ein Mysterium für sie darstellte.

Nori war nervös. Wie würde er sich schlagen bei den Übungen, die gleich begannen? Würde er die Aufgaben bewältigen können, die der Sensei ihnen stellte? Würde er es schaffen, unsichtbar zu werden? Und was, wenn er es nicht schaffte?

Sensei Okuse empfing sie an der Türschwelle. »Guten Morgen, meine Schüler. Bitte folgt mir.«

Der Lehrmeister führte sie um das Ninja-Haus herum, bis er vor dem Hintereingang stand. »Wie ihr wisst, führt diese Tür in den Vorratsraum. Sie ist im Augenblick nicht verriegelt. Ihr könnt also einfach hineingehen. Sobald ihr das tut, beginnt eure eigentliche Aufgabe.«

»Und die lautet?«, fragte Tenzo eifrig.

»Jeder von euch holt sich im Vorratsraum einen leeren Reissack, legt ihn im Empfangsraum ab und kehrt nach draußen zurück, ohne gesehen zu werden. Wie ihr das anstellt, ist euch überlassen. Ihr könnt zusammen oder alleine vorgehen. Doch solltet ihr euch absprechen wollen, tut dies am besten hier und jetzt, denn im Haus befinden sich Wachen: Jotta, Aki und Ikki. Ich selbst bin diesmal noch keine Wache, sondern werde vor dem Vordereingang auf euch warten.«

Der Lehrmeister schickte sich an, zu gehen, überlegte es sich aber noch einmal anders.

»Ryu, es liegt an dir, ob du Bax mitnimmst. Du allein musst entscheiden, ob er dir bei dieser Aufgabe eine Hilfe ist oder ein Klotz am Bein.«

Der Sensei nickte ihnen zu, dann ließ er sie allein.

»Und?«, sagte Asa. »Sollen wir es gemeinsam angehen oder nicht?«

»Es ist einfacher, wenn wir die Aufgabe getrennt lösen«, meinte Tenzo.

Ryu nickte. »Mir genügt Bax.«

»Was ist mit dir, Nori?«, fragte Asa.

Nori zögerte. Ein Teil von ihm wollte nichts lieber, als sich an Asas Fersen heften und mit ihr gemeinsam durchs Haus schleichen. Doch da war auch eine innere Stimme, die ihm sagte, dass er es ohne ihre Hilfe versuchen musste.

»Ich gehe auch allein«, sagte er.

»In Ordnung«, antwortete Asa. »Wir sollten aber nicht alle gleichzeitig gehen. Ich schlage vor, Tenzo fängt an, danach kommen Ryu und Bax, dann Nori und am Ende ich.«

»Ich brauche nicht viel Vorsprung«, sagte Tenzo selbstbewusst, öffnete die Tür und betrat den Vorratsraum.

Nori setzte sich aufs Gras und malte sich aus, was ihn erwarten würde. Sie hatten es mit drei Wachen zu tun und alle befanden sich laut dem Sensei im Haus. Vermutlich blieben sie im Erdgeschoss, denn dort lagen sowohl der Anfang als auch das Ziel der Aufgabe.

Ryu und Bax verabschiedeten sich nun ebenfalls in Richtung Vorratsraum. Nori beschloss, einen verstohlenen Blick durch eines der Fenster des Wohn- und Essraums zu riskieren.

Der Sensei hatte ihnen zwar geraten, sich von Fenstern fernzuhalten, aber das hatte Gelegenheiten gegolten, in denen sie sich in einem Haus befanden und nicht davor. Oder irrte er sich in diesem Punkt?

Gebeugt schlich sich Nori an und kam genau so weit vor dem Fenster hoch, dass er hineinschauen konnte. Der Wohn- und Essraum war menschenleer. Aber die Schiebetür zum Korridor stand offen, und das bedeutete wohl, dass jederzeit eine der Wachen auf ihrem Kontrollgang hereinkommen konnte.

Nori ging leise zurück. »Keine Wachen«, flüsterte er.

»Gut«, wisperte Asa, »dann geh jetzt rein und hol dir einen

Sack. Und, Nori: Vergiss nicht den Gang unter dem Fußboden!«

Nori nickte und begab sich zum Hintereingang. Vorsichtig drückte er die Klinke herunter und trat ein. Von Tenzo, Ryu und Bax war nichts zu sehen. Nori nahm sich einen leeren Reissack und begab sich langsam zum Durchgang, der in die Küche führte. Sollte er einen Blick hinein wagen? Aber dann vernahm er ein Geräusch, das sich anhörte, als ob jemand in einem Topf rührte. Hatte Jotta das Kochen heute hierherverlegt? Jedenfalls war da jemand, hinter dem er sich vorbeischleichen musste. Es sei denn, er nahm den Weg durch den Schrank, der den Vorratsraum mit dem Wohn- und Essraum verband.

Der Raum hatte leer ausgesehen. Aber galt das auch für den Schrank? Nori ging langsam zu der Stelle, wo die eigentliche Holzwand ausgespart war und sich stattdessen die Rückwand des Schrankes befand. Die Rückwand, die man zur Seite schieben konnte. Er presste ein Ohr dagegen und lauschte. Es war nichts zu hören. Wenn sich jemand im Schrank befand, dann verhielt sich derjenige ganz still.

Nori wollte gerade die Wand zur Seite schieben, als ihm einfiel, was Asa gesagt hatte. Er solle den geheimen Gang unter dem Fußboden nicht vergessen. Doch der konnte ihm im Grunde erst einmal egal sein, schließlich führte er ja nicht in den Wohn- und Essraum, sondern in den Empfangsraum und nach draußen.

Plötzlich fiel es Nori wie Schuppen von den Augen: Er konnte einfach zurück nach draußen und durch die geheime Luke einsteigen! Dann musste er nur noch dem Gang folgen und würde direkt zu seinem Ziel gelangen. Ein vergleichsweise gefahrloser Weg, es sei denn, einer der Zwillingsbrüder befand sich im geheimen Gang. Aber das war wohl eher unwahrscheinlich, denn Aki und Ikki waren ausgesprochen groß gewachsen. Und der Gang niedrig und unbequem.

Nori beschloss, es darauf ankommen zu lassen. Er drückte die Klinke der Hintertür herunter und ging zurück ins Freie. Asa lächelte ihn wissend an und Nori fühlte sich bestärkt. Er bog um die Hausecke, wo er unter dem weit überhängenden Dach verschwand und wie eine Krabbe seitwärts ging, bis er beinahe am Ende der Wand angelangt war. Vor sich am Boden sah er einen Bereich, wo kaum Gras wuchs. Die Steine, die sich dort befanden, wirkten auf den ersten Blick ganz gewöhnlich. Betrachtete man sie jedoch näher, lagen sie eine Spur zu ordentlich da. Jemand hatte nachgeholfen.

Nori stopfte sich den leeren Reissack unter seinen Kittel. Dann umfasste er einen der größten Steine mit beiden Händen und rüttelte vorsichtig daran. Er bewegte sich nicht. Wie Asa am Vortag berichtet hatte, war er genau wie die anderen Steine am Deckel der Luke befestigt. Nori zog mit aller Kraft und ein schnell größer werdender Spalt tat sich auf. Nori griff um und schob den Deckel so weit hoch, dass er in das Loch steigen konnte. Dann zog er die Luke langsam wieder zu.

Seine Augen brauchten eine Weile, um sich an die Dunkelheit zu gewöhnen. Doch dann bemerkte Nori, dass es weiter vorne gar nicht ganz dunkel war: Durch die Ritzen im Fußboden fiel gerade genug Licht, um sehen zu können, wo der geheime Gang verlief und ob sich jemand darin befand. Aber dem schien nicht so zu sein.

Nori atmete tief durch, dann setzte er sich in Bewegung. Er musste tief gebeugt gehen, um genug Platz zu haben, was das Vorankommen mühselig gestaltete. Auf der anderen Seite musste er sich nicht anstrengen, um lautlos zu sein. Der Erdboden unter seinen Füßen schluckte alle Geräusche.

Dafür hörte er auf einmal etwas über sich. Ein Quietschen, das nur von den polierten Holzdielen stammen konnte. Nori machte sich so klein wie möglich und schielte angespannt durch die Ritzen im Fußboden nach oben. Jemand kam näher. Es war Aki oder Ikki. Von unten konnte man das unmöglich sagen. Noris Puls beschleunigte sich. Egal welcher der Zwillingsbrüder da über ihm war, er konnte jederzeit nach unten schauen. Und dann durfte er auf keinen Fall ein verräterisches Aufblitzen in Noris Augen sehen. Also schloss er sie und lauschte.

Die Wache war nun unmittelbar über ihm. Ihre Schritte kamen Nori laut wie ein Schmiedehammer vor, der auf einen Amboss niederfuhr. Doch dann wurden sie wieder leiser. Die Wache entfernte sich. Sie hatte nicht nach unten gesehen. Sie hatte ihn nicht bemerkt.

Nori richtete sich wieder auf, soweit es der niedrige Gang erlaubte, und ging weiter. Die Ritzen im Boden, durch die Licht von oben drang, verrieten ihm, dass es nicht mehr weit bis zu der Stelle war, wo der Gang nach rechts abbog – zum Empfangsraum, seinem Ziel. Nori war im Begriff, sich ein ganz klein wenig zu entspannen, als auf einmal etwas um die Ecke glitt. Er erschrak fürchterlich, schaffte es aber immerhin, nicht laut aufzuschreien.

Und dafür gab es auch keinen Grund: Denn es war nur Bax, dicht gefolgt von Ryu, der ihm offenbar genauestens eingeschärft hatte, wie er sich bei dieser Übung zu verhalten hatte. Bax gab jedenfalls keinen Laut von sich, fletschte nicht die Zähne und knurrte nicht.

Er erkennt mich, dachte Nori und machte sich dünn, damit Bax vorbeikam. Ryu folgte, und Nori glaubte, ein Lächeln auf seinen Lippen zu erkennen.

Er selbst schlich langsam weiter, bis er das Ende des Ganges erreicht hatte. Er lauschte, aber es war nichts zu hören. Entweder befand sich niemand im Empfangsraum oder derjenige stand still da. Noris Herz klopfte. Schließlich entschloss er sich, die getarnte Luke zu öffnen. Vorsichtig hob er sie ein wenig an und legte sie daneben auf dem Boden ab. Er riskierte einen Blick und sah, dass der Empfangsraum leer war. Leer, bis auf drei Reissäcke. Nori zog seinen eigenen Reissack unter dem Kittel hervor, schleuderte ihn zu den anderen und zog das Stück Holzboden über sich wieder zu. Dann machte er sich auf den Rückweg.

Ein weiteres Mal hörte er Schritte über sich, doch auch diesmal schien die Wache kein Auge dafür zu haben, was unter ihr vor sich ging.

Am Schluss rannte Nori beinahe. Er stieß die getarnte Luke auf und war wieder im Freien. Er hatte die Aufgabe gemeistert. Glücklich ließ er sich ins Gras fallen.

Muster und Schlüsse

Kurz darauf saßen die Schüler zusammen mit Sensei Okuse unter dem gelben Blätterdach des Gingkobaums und erzählten sich gegenseitig, wie sie vorgegangen waren.

Tenzo hatte den direkten Weg durch den Schrank gewählt, niemanden im Wohn- und Essraum angetroffen und war dann durch die Papiertür in den Empfangsraum vorgedrungen. Dort hatte er seinen Reissack abgelegt und das Haus wenig später unbemerkt durch den Vordereingang verlassen.

Ryu und Bax hatten gewartet, bis Jotta ihnen den Rücken zugekehrt hatte, und waren dann schnell in den Wohn- und Essraum und weiter in den Empfangsraum geschlichen. Dort hatten sie sich eine Weile hinter dem Wandteppich versteckt halten müssen, weil Aki sich genähert hatte. Vielleicht war es aber auch Ikki gewesen. In diesem Punkt war sich Ryu nicht sicher. Nach draußen war er dann jedenfalls durch den unterirdischen Gang gelangt.

Nori erzählte, dass er Ryu und Bax dort getroffen hatte, und ließ auch den Rest nicht aus.

Nur Asa wollte nicht mit der Sprache rausrücken. »Muss ich denn sagen, welchen Weg ich gewählt habe, Sensei?«

»Musst du nicht.« Sensei Okuses Augen leuchteten. »Ich weiß es auch so. Schließlich habe dich auf dem Dach gesehen. Und das zweimal.«

Zuerst war ein Anflug von Zorn in Asas Augen zu sehen. Fraglos hätte sie ihr Vorgehen gerne geheim gehalten, vermutlich um es noch einmal so zu machen. Doch dann musste sie grinsen.

»Natürlich«, sagte sie, »Ihr wart ja die ganze Zeit draußen, Sensei.«

Und so erzählte sie dann doch, wie sie sich einen Reissack geholt und das Haus wieder verlassen hatte. Dass sie aufs Dach geklettert war und dort die Flucht- und Einstiegsmöglichkeit gesucht und gefunden hatte.

»Es gibt eine versteckte Klapptür im Strohdach, von der eine Strickleiter in den Dachboden führt«, erklärte sie Nori, Tenzo und Ryu.

Im Dachboden hatte Asa die versteckte Treppe zum Dojo nach unten geklappt und dasselbe dann noch einmal oberhalb des Empfangsraums getan.

»Du hast ihn gar nicht betreten?«, fragte Nori.

Asa schüttelte den Kopf. »Nein, ich habe meinen Sack einfach hinuntergeworfen. Und dann bin ich übers Dach zurück, ohne auch nur eine der Wachen gesehen zu haben.«

Sensei Okuse nickte anerkennend. »Sehr gut, meine Schüler.

Ihr alle habt euren eigenen Weg gewählt und die Aufgabe, die ich euch gestellt habe, erfüllt. Ich bin sehr zufrieden.«

Er blickte ihnen reihum in die Augen. »Aber das war nur der Anfang. Die Aufgaben werden schwerer werden. Und ich werde auch Jotta, Aki und Ikki von Mal zu Mal andere Anweisungen geben – welche das sind, müsst ihr selbst herausfinden. Mal werden die drei womöglich an Ort und Stelle verharren, mal werden sie sich bewegen. In diesem Fall müsst ihr versuchen, ein Muster in ihren Bewegungen zu erkennen. Wie lange brauchen sie für eine Runde? Läuft die Runde immer gleich ab oder ändert sie sich?«

Nori hatte schon damit gerechnet, dass der Sensei den Schwierigkeitsgrad der Aufgaben nach oben schrauben würde. Er hatte jedoch gehofft, dass das nicht sprunghaft, sondern langsam geschehen würde. Die erste Aufgabe hatte er zwar bewältigt, aber das hatten die anderen auch – und obendrein schneller, gewitzter oder entschlossener als er.

»Eure nächste Aufgabe ist es, unbemerkt ins Dojo zu gelangen«, erklärte Sensei Okuse. »Dort werde ich auf euch warten. Aber seid gewarnt: Diesmal wird es auch außerhalb des Hauses eine Wache geben.«

Der Sensei erhob sich. »Sobald ich das Haus betreten habe, wird Aki es verlassen und seinen Kontrollgang beginnen. Sieht er euch dann hier oder anderswo, gilt die Aufgabe bereits als gescheitert. Ihr solltet euch also schleunigst eine Deckung suchen.«

Ohne ein weiteres Wort zu verlieren, steuerte der Sensei auf den Vordereingang des Ninja-Hauses zu.

»Verdammt!«, fluchte Tenzo, der sich bequem im Gras ausgestreckt hatte und sich nun mühsam aufraffte.

Asa, Ryu und Bax rannten bereits in Richtung Haus. Wollte Asa etwa wieder aufs Dach? Und was hatte Ryu vor? Wollte er in den unterirdischen Gang einsteigen, ehe Aki aus dem Haus kam?

Ein guter Plan wäre das, dachte Nori. Doch für ihn selbst war es zu spät, das Gleiche zu tun. Der Sensei war nur noch ein paar Stablängen vom Vordereingang entfernt. Ihm blieb also nicht genügend Zeit, um zum Haus zu sprinten.

Noris Blick fiel auf den Taubenschlag. Er war allemal breit und hoch genug, um dahinter in Deckung zu gehen. Und er war nah genug, um ihn rechtzeitig zu erreichen. Hoffentlich.

Nori spurtete los. Im Rennen sah er, wie sich die Tür des Ninja-Hauses öffnete. Sensei Okuse ging hinein, doch zum Glück war von Aki noch nichts zu sehen. Nori hechtete hinter den Taubenschlag und einen Augenblick später kauerte Tenzo neben ihm. Entweder hatte er den gleichen Gedanken gehabt oder er war ihm einfach gefolgt. Doch im Grunde spielte das keine

Rolle. Wichtig war nur, dass sie Deckung gefunden hatten. Und das keinen Moment zu früh, wie das Geräusch verriet, das vom Ninja-Haus zu ihnen drang: Jemand zog die Tür ins Schloss. Aki hatte also seinen Kontrollgang begonnen.

»Jetzt, wo wir hier zusammen festsitzen«, wisperte Tenzo, »sollten wir es so machen, wie der Sensei gesagt hat, und beobachten, ob es ein Muster in Akis Bewegungen gibt.«

Nori nickte. Vorsichtig linste er hinter dem Taubenschlag hervor und sah, dass Aki rechts herum ums Haus ging. Nori zählte die Sekunden, bis Aki links vom Haus wieder auftauchte. Es waren 255. Als Aki ein weiteres Mal hinter der rechten Hausecke verschwand, begann Nori von Neuem zu zählen. Diesmal kam er auf 271 Sekunden. Beim nächsten Mal waren es 249, danach 268.

Zwischen Akis schnellster und langsamster Zeit lagen demnach nur 24 Sekunden – eine recht geringfügige Abweichung, die sich vermutlich damit erklären ließ, dass Aki nicht immer gleich schnell lief. Mit großer Wahrscheinlichkeit drehte er jedoch immer die gleiche Runde.

»Wir haben unser Muster«, flüsterte Nori.

»Ja«, sagte Tenzo leise. »Er braucht mindestens vier Minuten für seine Runde. Das reicht, um die geheime Luke zu öffnen und im unterirdischen Gang zu verschwinden.« Er erhob sich. »Aber du solltest besser einen anderen Weg nehmen. Ich will nicht wegen dir erwischt werden.«

Nori ärgerte sich über Tenzos Bemerkung. Er wollte gerade entgegnen, dass er es schon einmal ungesehen durch den Gang geschafft hatte, aber Tenzo war schon weg.

Nori schluckte seinen Ärger hinunter, fasste sich ein Herz und huschte auf das Ninja-Haus zu. Sobald er die Hausecke erreicht hatte, schlüpfte er unter das weit überstehende Dach. Seinen Berechnungen nach blieben ihm zwei bis zweieinhalb Minuten, um den Hintereingang zu erreichen, bevor Aki dort auftauchte.

Nori schlich an der Wand entlang. Wie eine Krabbe seitwärts zu gehen, war zum Glück weit einfacher, als wie ein Salamander über den Boden zu kriechen, aber es dauerte zu lange. Nori zählte die Sekunden und war bereits bei 80 angelangt, hatte aber erst die Hälfte der Strecke zurückgelegt. Kurz entschlossen kam er unter dem Dach hervor. Das Ninja-Haus hatte auf dieser Seite keine Fenster, und wenn Aki seine Runde wie üblich drehte, konnte er selbst auch ohne Deckung zum Hintereingang eilen. Es sei denn, eine Wache befand sich auf dem Dach. Nori warf einen vorsichtigen, sorgenvollen Blick nach oben, aber dort war niemand. So schnell er konnte, rannte er zum Hintereingang. Seine Hand zitterte vor Aufregung, als er die Klinke hinunterdrückte. Die Tür war nicht verriegelt. Nori fiel ein Stein vom Herzen.

Er betrat den Vorratsraum und zog lautlos die Tür ins Schloss. Schnell duckte er sich hinter eines der leeren Speisefässer und lauschte. Es war nichts zu hören, doch Nori beschloss, dennoch an Ort und Stelle zu bleiben. Schließlich war nicht auszuschließen, dass eine Wache auf ihrer Runde durchs Haus einen flüchtigen Blick in den Vorratsraum warf.

Nori wartete. Es war still im Haus, aber dann war auf einmal ein Quietschen zu vernehmen. Jemand war auf die polierten Holzdielen im Flur getreten. Es klang fast schon melodisch, war aber natürlich höchst verräterisch, wenn man nicht entdeckt werden wollte. Doch dieses Mal war der Holzfußboden Noris Freund – er verriet ihm, wo die Wache unterwegs war.

Das Quietschen wurde zunehmend lauter, dann hörte es auf einmal auf. Die Wache musste die Küche betreten haben, wo der Lehmfußboden ihre Schritte dämpfte. Nori hoffte inständig, dass ihre Runde sie nicht in den Vorratsraum führen würde. Es blieb still, was bedeuten konnte, dass seine Hoffnung erfüllt wurde. Genauso gut konnte es aber auch bedeuten, dass die Wache irgendwo stand und Ausschau hielt. Nori wagte es nicht, hinter seinem Speisefass hervorzuspitzeln. Stattdessen hielt er den Kopf unten und wartete.

Nach einer Weile waren wieder Schritte zu vernehmen. Aber keine quietschenden, lauten, sondern leise, gedämpfte. Die Wache befand sich jetzt also im Wohn- und Essraum und bewegte sich über die dort liegenden Strohmatten.

Nori blieb, wo er war, und tat nichts weiter, als zu lauschen. Die Schritte wurden zunehmend leiser, ehe auf einmal wieder das vertraute Quietschen zu hören war. Es wurde lauter und verstarb dann, bis schließlich wieder die leisen Schritte auf dem

Strohboden zu vernehmen waren. Nori konnte nicht sagen, ob es sich bei der Wache um Jotta oder Ikki handelte. Aber er konnte sagen, was sie tat: Sie lief immerzu vom Korridor in die Küche, warf vielleicht einen schnellen Blick in den Vorratsraum, ging dann durch den Wohn- und Essraum und von dort in den Korridor zurück, wo sie ihre Runde aufs Neue begann. Eine Runde, die mit ziemlicher Sicherheit nicht in den Empfangsraum führte, denn dafür verstrich insgesamt zu wenig Zeit. Nori war zufrieden. Er hatte ein weiteres Muster gefunden. Nun musste er daraus nur noch die richtigen Schlüsse ziehen. Er musste in den Empfangsraum und dort mittels des Speers aus der Wachkammer die rotierende Treppe herunterlassen. Aber welchen Weg sollte er wählen, um dorthin zu gelangen?

Der Weg über den Korridor entfiel, denn dort gab es ja die quietschenden Dielen. Nori glaubte zwar, er könnte lautlos darüberschleichen, aber dafür würde die Zeit nicht ausreichen – die Runde der Wache war einfach zu kurz. Also musste er durch den Wohn- und Essraum. Nori erschien es sicherer, durch den Schrank zu gehen. Dort konnte er warten, bis sich die Wache auf dem Korridor befand, und dann schnell zur Papiertür eilen, was ihm ein paar Sekunden mehr verschaffen würde – nicht viel, aber besser als nichts.

Nori wartete, bis das Quietschen wieder begann. Dann kam er hinter seinem Fass hervor, schob die Rückwand des Schranks beiseite und kletterte hinein. Hastig zog er die Rückwand wieder zu und hoffte, schnell genug gewesen zu sein, denn das Quietschen war mittlerweile verklungen. Die Wache musste also bereits in der Küche sein.

Niemand schob die Rückwand auf und Nori atmete durch. Er warf einen verstohlenen Blick durch den Spalt zwischen den vorderen Schranktüren, und nun wusste er auch, wer da beständig seine Runden drehte: Es war Jotta. Doch wo war eigentlich die dritte Wache? Wo war Ikki?

Während Nori noch grübelte, hörte er auf einmal eine vertraute Stimme.

»Oh, wer schleicht denn da unter meinen Füßen?« Da Aki draußen seine Runden drehte, konnte die Stimme nur Ikki gehören. »Was für ein Pech. Tenzo, du bist entdeckt.«

»Verdammt!«, hörte Nori Tenzo fluchen. »Kannst du nicht so tun, als ob du mich nicht gesehen hättest?«

»Oh, das kann ich nicht.« In Ikkis Stimme lag aufrichtiges Bedauern. »Für dich ist die Aufgabe leider zu Ende, Tenzo. So sind die Regeln, ja, so sind sie nun mal.«

Tenzo fluchte abermals, dann herrschte wieder Stille. Nori war froh, nicht selbst den geheimen, unterirdischen Gang gewählt zu haben: Ikki hatte diesmal durch die Ritzen zwischen den Dielen nach unten geschaut. Und obwohl

Nori von seinen drei Mitschülern Tenzo am wenigsten mochte, tat er ihm jetzt doch leid.

Für sein eigenes Vorankommen war Tenzos Entdeckung hingegen förderlich. Da er ihre kurze Unterhaltung mit angehört hatte, konnte Nori ziemlich genau einschätzen, wo Ikki sich gerade befand: den Geräuschen nach vermutlich vor der Schiebetür, die vom Korridor in den Empfangsraum führte.

Nori wartete, bis Jotta ein weiteres Mal den Wohn- und Essraum verlassen hatte, dann öffnete er die Schranktür, stieg heraus und schloss die Tür leise wieder. Er bewegte sich auf leisen Sohlen über die Strohmatten, bis er bei der durchscheinenden Papiertür angelangt war. Während er angestrengt auf das Quietschen unter Jottas Füßen lauschte, schob er die Tür auf. Als das Quietschen erstarb, befand er sich schon im Empfangsraum. Er zog die Schiebetür lautlos zu und wollte gerade zu dem großen Teppich an der Wand schleichen, als er bemerkte, dass das nicht nötig war. Der Speer lag schon auf dem Boden – und was noch besser war: Die Treppe war bereits heruntergelassen. Neben ihr saß Bax und gab keinen Laut von sich.

Ryu war also schon oben und so nett gewesen, die Treppe nicht wieder hochzuklappen. Nori freute sich über diese freundschaftliche Geste und stieg langsam nach oben. Die Stufen knarrten nicht und so fand er sich wenig später unentdeckt im Obergeschoss wieder. Nori öffnete die versteckte Tür und betrat das Dojo.

Mit einem Mal fiel alle Anspannung von ihm ab. Er hatte die zweite Aufgabe, die der Sensei ihnen gestellt hatte, bewältigt. Mit etwas freundlicher Mithilfe von Ryu und etwas unfreiwilliger von Tenzo zwar, aber in erster Linie konnte er sich seinen Erfolg selbst zuschreiben. Nori war stolz auf sich.

»Du hast es ins Dojo geschafft. Und ich bin nicht überrascht, dass es so gekommen ist.« Sensei Okuse lächelte.

Neben ihm saßen Asa und Ryu auf den Binsenmatten. Nori setzte sich zu ihnen, begierig darauf, ihre Geschichten zu hören.

Asa war in Windeseile über die Klappe im Dach eingestiegen, noch ehe Aki seine Kontrollrunde richtig begonnen hatte. Ryu und Bax hatten den gleichen Weg wie Tenzo gewählt – es dann aber nicht gewagt, unter dem Wache haltenden Ikki hindurchzuschleichen, was sich als kluge Entscheidung erwiesen hatte. Stattdessen waren sie umgekehrt und hatten es im Grunde wie Nori nach ihnen gemacht. Nur, dass sie nicht den Durchgang im Schrank, sondern die Tür zwischen Küche und Wohn- und Essraum benutzt hatten.

»In den meisten Fällen ist es gut, erst einmal abzuwarten und zu beobachten«, sagte der Sensei, als sie fertig waren. »Denn wer blind in ein fremdes Haus eindringt, wird nicht weit kommen. Von dem her: Gut gemacht, Nori und Ryu. Ihr habt die Muster der Wachen erkannt und die richtigen Schlüsse daraus gezogen.«

Nori strahlte ob dieses unverhofften Lobes. Und auch Ryu freute sich, wie das Lächeln auf seinen Lippen zeigte.

»In manchen Fällen bringt einen aber auch entschlossenes, schnelles Handeln weiter. Asa, dein Vorgehen war genauso von Erfolg gekrönt wie das von Nori und Ryu.« Der Sensei nickte ihr anerkennend zu. »Diesmal haben beide Wege zum Ziel geführt. Manchmal wird es nur einer sein. Die Schwierigkeit liegt darin, zu erkennen, welcher es jeweils ist. Aber das ist etwas, das mit der Zeit und der nötigen Erfahrung von selbst kommt.«

Sensei Okuse erhob sich. »Ich schlage vor, ihr seht nach, ob Jotta zwischen ihren Wachgängen etwas Zeit zum Kochen gefunden hat. Ich spreche solange mit Tenzo und dann werden wir gemeinsam zu euch stoßen.«

Sie standen auf und stiegen einer nach dem anderen die Treppe ins Erdgeschoss hinunter. Bax bellte freudig, als er Ryu erblickte. Die beiden begrüßten sich, als wären sie wochenlang voneinander getrennt gewesen.

Sensei Okuse entfernte sich, und Nori und Asa suchten die Küche des Ninja-Hauses auf, die plötzlich gar nicht mehr unbenutzt aussah.

»Viel gibt es heute nicht«, sagte Jotta, während sie mit mehreren Töpfen gleichzeitig hantierte. »Wache spielen und kochen verträgt sich nicht besonders gut.«

Doch Jotta untertrieb maßlos, denn auf dem Herd standen ein riesiger Topf mit Reis, einer mit gedünstetem Fisch und ein weiterer, in dem Jotta gerade Hühnerfleisch und Gemüse frittierte.

»Seid so nett und deckt schon mal den Tisch im Wohn- und Essraum«, bat Jotta sie. »Für acht Personen.«

Nori und Asa gehorchten und auch Ryu half. Kurz darauf kehrten Aki und Ikki zurück, die zwischenzeitlich die Tiere versorgt hatten, und schließlich auch Tenzo, der säuerlich dreinblickte.

»Wo ist der Sensei?«, fragte Nori.

»Woher soll ich das wissen?«, blaffte Tenzo ihn an.

»Du brauchst deine schlechte Laune nicht an Nori auszulassen«, sagte Asa. »Er kann nichts dafür, dass du entdeckt worden bist.«

Tenzo warf ihr einen zornigen Blick zu. »Ja, reib es mir nur unter die Nase!«

»Tu ich doch gar nicht!«, entgegnete Asa.

»Warte nur, bis *du* entdeckt wirst! Ich wette, beim nächsten Mal postiert Sensei Okuse eine Wache auf dem Dach. Oder, noch besser, auf dem Dachboden.« Tenzo lachte grimmig.

»Oh, das ist nicht gut. Nicht gut.« Einer der Zwillingsbrüder schüttelte traurig den Kopf. »Schüler sollten nicht streiten.«

»Nein, das sollten sie nicht.« Nun schüttelte der andere der beiden den Kopf. Nori konnte unmöglich sagen, ob es Aki oder Ikki war.

»Schüler sollten zusammenhalten«, ergriff jetzt wieder der Erste das Wort.

»Oh ja, das sollten sie«, stimmte sofort der andere mit ein. »Zusammenhalten. Zusammenhelfen. Und nicht streiten.«

»Da hörst du's, Tenzo«, sagte Asa lächelnd.

Aber Tenzo rollte nur mit den Augen.

Ein paar Sekunden später stellte Jotta eine Schüssel dampfenden Reis auf den Tisch.

»Na endlich«, sagte Tenzo.

Jotta machte den Mund auf, überlegte es sich dann aber offenbar anders.

Asa hingegen hielt sich nicht zurück. »Sei nicht so unverschämt«, zischte sie Tenzo an. »Du solltest dir wirklich einen anderen Ton angewöhnen.«

Jotta lächelte bei diesen Worten und ging, um den Fisch, das frittierte Hühnerfleisch und das Gemüse zu holen.

Kurz darauf saßen sie zu siebt am Tisch und warteten auf Sensei Okuse.

»Können wir nicht schon mal anfangen?«, fragte Tenzo, diesmal aber in einem halbwegs normalen Ton.

Jotta schüttelte den Kopf. »Der Sensei hat ausdrücklich betont, dass er heute gemeinsam mit seinen Schülern zu Mittag essen will. Und mit seinen Wachen.«

»Oh, das sind wir.« Einer der Zwillingsbrüder kicherte, und jetzt sah Nori, dass es Aki war. »Ja, heute sind wir Wachen, hihi.« Auch Ikki kicherte. In diesem Moment betrat Sensei Okuse den Raum. Sofort wurde es still.

»Entschuldigt meine Verspätung.« Er setzte sich zu ihnen und deutete auf die vor ihnen stehenden Speisen. »Bitte, greift zu.«

Tenzo ließ sich das nicht zweimal sagen. Eine ganze Weile aßen sie still, dann brach der Sensei das Schweigen.

»Nun, da ihr eure ersten Erfahrungen mit Wachen gemacht habt«, wandte er sich an die Schüler, »möchte ich euch eine Frage stellen. Was, denkt ihr, ist der wirksamste Schutz, von einer Wache nicht entdeckt zu werden?«

»Ein Katana-Schwert«, antwortete Tenzo prompt.

»Nein.« Sensei Okuse schüttelte den Kopf. »Ein Katana kann einem Schatten vielleicht das Leben retten, wenn er entdeckt worden ist und eine Waffe auf sich gerichtet sieht. Aber sag mir, Tenzo, ist es nicht besser, erst gar nicht entdeckt zu werden?«

»Doch, natürlich«, grummelte Tenzo.

»Der wirksamste Schutz vor feindlichen Wachen ist es, nicht gesehen zu werden.« Der Sensei sah ihnen einen nach dem anderen in die Augen. »Und dazu dient nicht nur die Kunst der geräuschlosen Bewegung und die Kunst des heimlichen Eindringens, in die ich euch bereits eingeführt habe. Dazu dient auch die Fertigkeit, sich ein gutes Versteck zu suchen oder zu schaffen. Und dieser Kunst werden wir uns als Nächstes widmen.«

Die Kunst des Versteckens

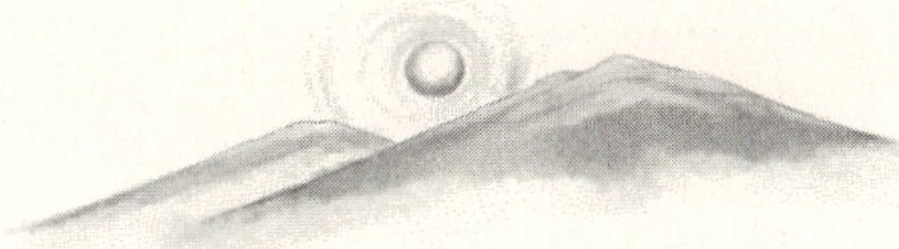

Nach dem Mittagsmahl suchten Aki und Ikki die südlichen Reisfelder auf, wo sich die Ernte nicht länger aufschieben ließ. Jotta machte sich an die Küchenarbeit und Sensei Okuse erzählte Nori und seinen Mitschülern ein paar grundlegende Dinge über das Verstecken zu Land und in der Luft. Mit Letzterem waren schützende Baumkronen und Dächer gemeint, mit Ersterem Felsen, Büsche, Mulden oder Erdlöcher, in denen man sich verbergen konnte.

»Und wenn euch die Natur keine geeigneten Verstecke bietet, so könnt ihr immer noch nachhelfen«, führte der Sensei aus, »und euch zum Beispiel ein Erdloch graben. Dann allerdings dürft ihr nicht vergessen, die frische Erde wegzuschaffen oder zu verdecken.«

Der Sensei sprach auch darüber, wie man sein Gesicht und seine Hände mit Hilfsmitteln aus der Natur tarnen konnte, um sich in die Umgebung einzufügen. Er sprach über das Sonnenlicht, das es zu meiden galt, und die Dämmerung, die der

Freund aller Ninja sei, ebenso wie der Nebel und der Regen, die Geräusche schluckten und die Sicht der Gegner einschränkten, was das Verstecken deutlich einfacher machte.

An diesem Nachmittag jedoch war weit und breit kein Regen in Sicht: Der Himmel war wolkenlos und die Sonne brannte. Nach seinen einleitenden Worten führte der Sensei sie zum Fuß eines Berges südöstlich der Siedlung. Auf den ersten Blick ähnelte er dem Berg im Norden, über den Nori in das verborgene Tal gelangt war. Doch hier schlängelte sich kein Pfad zum Gipfel hinauf. Wer nach oben wollte, musste sich selbst einen Weg suchen, irgendwo zwischen dichten Bergkiefern, bemoosten Steinen, hoch aufragenden Tannen und rauen Felsen.

»Hier, meine Schüler, üben wir das Verstecken zu Land.« Der Sensei deutete auf den Hang vor ihnen. »Sucht euch im Umkreis von 160 Stäben geeignete Verstecke. Ich werde solange hier sitzen und bis 500 zählen, dann werde ich euch suchen gehen. Und ihr sollt mich dabei beobachten, so als ob ich eine feindliche Wache wäre, und mir später über das, was ihr gesehen habt, berichten.«

Der Sensei legte seinen Bambusstab weg, setzte sich im Schneidersitz auf den Boden und schloss die Augen, um zu meditieren. Und um bis 500 zu zählen, nahm Nori an.

500 Sekunden, wenn es denn überhaupt Sekunden waren, stellten kein üppiges Zeitpolster für diese Aufgabe dar. Nori überlegte nicht lange, sondern spurtete los.

Während Asa, Ryu und Bax sich von ihrem Standort aus nach links orientierten, wo die Bäume recht dicht standen, hielt sich Nori rechts, wo der Untergrund felsiger war. Er glaubte, dass seine Chancen besser standen, wenn er sich möglichst weit oben einen Felsvorsprung suchte, hinter dem er in Deckung gehen konnte, als wenn er sich hinter den dünnen Stamm einer Tanne presste.

Nachdem der Anstieg zunächst noch recht sanft verlief, musste Nori schon bald seine Hände zu Hilfe nehmen, um über Steine und Felsen zu klettern. Ein Stück neben ihm tauchte auf einmal Tenzo auf, der genauso schwer atmete wie er selbst. Immer steiler ging es jetzt bergauf und schließlich fanden sie sich beide keuchend vor einer Felswand wieder. Sie war nicht allzu hoch, zweieinhalb Stäbe vielleicht, aber sie ragte senkrecht nach oben. Tenzo beschloss, sie zu umgehen, und arbeitete sich in leichteres Gelände vor.

Nori aber hatte einen anderen Plan. Diese Felsformation war das perfekte Versteck, um zu beobachten, ohne selbst gesehen zu werden. Von dort oben hätte er den besten Blick auf alles, was sich unterhalb abspielte. Er brauchte sich bloß flach hinzulegen und vorsichtig über den Rand des Felsen zu linsen, dann würde ihn der Sensei nicht so schnell bemerken.

Doch erst einmal musste er die Felswand erklimmen. Nori setzte den Fuß auf einen kleinen Vorsprung und grub seine Finger in einen Spalt im Fels. Dann zog er sich hoch und spürte den kühlen Stein auf seinem erhitzten Körper. Es war ein angenehmes Gefühl, doch er hatte keine Zeit, es auszukosten. Seine Füße fanden zwei weitere, winzige Vorsprünge, weiter oben als der erste. Er griff um. Seine Hände waren an der Felskante angelangt. Doch das war noch kein Grund zum Jubeln, wie Nori bewusst war, denn im Moment wäre er allzu leicht zu entdecken.

Er löste einen Fuß und suchte weiter oben Halt. Aber seine Sandale rutschte lediglich über den glatten Stein. Einen weiteren Vorsprung gab es nicht. Nori wurde zusehends nervöser, bis sein tastender Fuß endlich ein kleines Loch im Felsgestein fand. Doch es war zu schmal, als dass seine ganze Sandale darin Platz gehabt hätte.

Nori musste plötzlich an das Wandbild in der Schülerunterkunft denken, das die faszinierende Ausrüstung der Schatten zeigte. Hatte er dort nicht auch einen Stiefel gesehen, der zwischen dem großen und dem zweiten Zeh gespalten war? Solch ein Schuhwerk hätte er nun gut gebrauchen können, denn für einen Zeh mit etwas Leder drum herum wäre das Loch in der Wand groß genug gewesen. Und für einen nackten Zeh ohnehin. Nori ärgerte sich maßlos, dass er seine Sandalen nicht über den Felsvorsprung nach oben geworfen hatte, ehe er zum Klettern angesetzt hatte. Doch nun war es zu spät dafür, denn sein Zeitgefühl sagte ihm, dass es sich nur noch um Sekunden handeln konnte, ehe der Sensei mit seiner Suche beginnen würde.

Ihm blieb nur noch eines: Er musste auf seine Kraft vertrauen.

Nori setzte seinen suchenden Fuß auf den unteren Vorsprung zurück. Er atmete ruhig ein und aus, dann stieß er sich mit beiden Füßen ab und legte all seine Kraft in seine Finger. Obwohl er die Zähne zusammenpresste, entfuhr ihm ein Laut der Anstrengung. Er zog seinen Körper nach oben. Und als seine Brust oberhalb der Felskante war, schossen seine Hände nach vorn. Einen Sekundenbruchteil lang hing er gleichsam in der Luft, dann aber fanden seine Finger Erhebungen, an denen sie sich festhalten konnten. Mit einer letzten Kraftanstrengung hievte Nori seinen Körper über die Kante.

Er robbte vom Rand des Felsens weg, bis er glaubte, von unten nicht mehr gesehen werden zu können, und blieb liegen. Er hatte es rechtzeitig geschafft. Er musste es rechtzeitig geschafft haben, denn sonst hätte der Sensei sicher schon seinen Namen gerufen. Oder blieb der Sensei bei dieser Übung etwa still, wenn er jemanden entdeckte?

Es gab nur einen Weg, um die in ihm aufkeimende Unsicherheit zu ersticken. Liegend drehte Nori sich und robbte dann wieder bis zum Rand des Felsens. Vorsichtig hob er den Kopf und spähte nach unten, wo der Sensei sich in diesem Moment aus dem Gras erhob.

Nori war erleichtert. Er hatte es rechtzeitig geschafft, in Deckung zu gehen. Nun musste er seinen Lehrmeister beobachten, damit er ihm später, wenn die Übung vorbei war, berichten konnte.

Sensei Okuse hob seinen Bambusstab auf, wirbelte ihn ein paarmal in atemberaubendem Tempo herum und ließ dann seinen Blick schweifen. Nori tauchte ab, ehe der Sensei in seine Richtung schaute.

Als er wieder auftauchte, erklomm der Sensei bereits zügig den Berg, wobei er sich eher in die Richtung hielt, in der Asa, Ryu und Bax stecken mussten. Nori konnte keinen von ihnen entdecken, aber er sah, dass der Sensei immer mal wieder seinen Stab schwang und ihn sogar gegen einen Felsen und einen in Kopfhöhe geborstenen Baumstamm klopfte. Dieses ungewöhnliche Verhalten ließ sich nur auf eine Weise erklären: Der Sensei tat Dinge, die er nachher von ihnen hören wollte, um einschätzen zu können, wer ihn genau beobachtet hatte.

Und Nori beobachtete ihn. Immer, wenn der Sensei in seine Richtung blickte, nahm er schnell den Kopf runter, ansonsten hielt er ihn gerade weit genug oben, um zu sehen, was der Sensei tat. Einmal setzte sich sein Lehrmeister für ein paar Sekunden auf den Boden, ein anderes Mal bückte er sich, um eine Handvoll Gebirgsblaubeeren zu pflücken. Und dann, ganz unvermittelt, rief er: »Ryu, komm hinter der Bergkiefer hervor! Und bring Bax mit!«

Und bring Bax mit, Bax mit, Bax mit. Dumpf warfen die Felswände, die sich über ihnen befanden, das Echo zurück. Nori widerstand der Versuchung, sehen zu wollen, hinter welcher Bergkiefer Ryu und sein Hund hervorkamen. Der Sensei suchte mit ziemlicher Sicherheit gerade jetzt die Umgebung mit den Augen ab. Ohne Zweifel zog er in Betracht, dass sich einer seiner Schüler von seiner Neugier leiten ließ – und, wie sich schnell zeigte, war genau das der Fall.

»Tenzo!« *Tenzo. Tenzo.* Abermals wurde die Stimme des Senseis von den Felswänden zurückgeworfen. »Ich habe dich bereits gesehen. Du kannst dich nicht wieder in die Mulde kauern, dort drüben, neben dem steilen Felsen.«

Felsen. Felsen. Welchen steilen Felsen meinte der Sensei? Nori wagte es nicht, einen Blick zu riskieren, doch dann vernahm er unweit von sich das Geräusch knackender Äste. Tenzo war also nicht weit gekommen, nachdem sich ihre Wege getrennt hatten. Allerdings hatte Tenzo sich nicht so gut versteckt wie er selbst, dachte Nori nicht ohne Stolz.

Nach einer Weile hob er ein weiteres Mal den Kopf und sah nach unten. Tenzo, Ryu und Bax waren schon fast am Fuß des Berges angelangt, während der Sensei sich jetzt einen Steinwurf von ihm entfernt befand, irgendwo zwischen dem Felsen, auf dem er selbst bäuchlings lag, und dem Gebiet, in dem Asa stecken musste.

Ihr Lehrmeister streckte seine Arme durch, als ob er verspannt wäre, aber Nori zweifelte nicht daran, dass er das nur tat, um Asa und ihm Stoff für ihre Berichte zu liefern. Er hatte nun schon einige Auffälligkeiten bemerkt, aber sollte er sich damit zufriedengeben? Wie viel konnte er noch riskieren, jetzt, wo der Sensei schon so nahe gekommen war?

Nori entschied sich dafür, erst einmal den Kopf unten zu halten. Er robbte ein Stück vom Felsrand weg und lauschte, aber es war still am Hang. Tenzo, Ryu und Bax waren bestimmt schon im Gras angekommen und der Sensei …

Nori brachte den Gedanken nicht zu Ende, denn plötzlich tauchte das Gesicht des Senseis vor ihm auf und lächelte ihm zu. Es war ein Lächeln, das den Sensei keinerlei Mühe kostete, obwohl er gerade einen höchst kräfteraubenden Klimmzug vollführte.

Sensei Okuse hatte den Felsen auf demselben Weg erklommen wie Nori kurz zuvor. Aber anders als er selbst, hievte der Sensei seinen Körper nicht auf die kleine Plattform, sondern verharrte in seinem Klimmzug und sagte: »Nori, wir sehen uns am Fuß des Berges.« Dann ließ er sich wieder nach unten sinken.

Verblüfft rappelte sich Nori auf und blickte über den Rand des Felsens hinab, dorthin, wo er seinen Lehrmeister vermutete. Doch der war schon längst wieder weg und huschte über Steine und Wurzeln, wohingegen Nori nichts anderes übrig blieb, als mit dem Abstieg zu beginnen. Er war entdeckt worden, und das ganz plötzlich. Aber immerhin nicht als Erster. Außerdem hatte der Sensei gelächelt. Und das war wohl kein schlechtes Zeichen.

Nori hatte den Abstieg beinahe bewältigt, als die laute Stimme von Sensei Okuse ein letztes Mal erschallte. Nun musste auch Asa ihr Versteck verlassen, das sich irgendwo hinter einem umgestürzten Baumstamm befunden hatte. Sie war als Letzte entdeckt worden, aber das hieß nicht zwangsläufig, dass sie die Übung als Beste gemeistert hatte.

Um herauszufinden, wer von ihnen die genauesten Beobachtungen gemacht hatte, nahm der Sensei sie einen nach dem anderen zur Seite. Nori war als Dritter an der Reihe, nach Ryu und Tenzo.

»Nori, was ist dir aufgefallen?«, fragte ihn der Sensei. »Was habe ich alles getan, während ich euch gesucht habe? Nenne mir jedes Detail, so unwichtig es dir auch erscheinen mag.«

»Ihr habt mehrfach Euren Bambusstab geschwungen, Sensei. Das erste Mal, noch bevor Ihr losgelaufen seid, aber auch später. Und einmal habt Ihr ihn gegen einen Baumstamm geschlagen, der in Kopfhöhe geborsten war.«

Nori holte Luft und versuchte, im Gesicht des Senseis zu lesen, was der von seinen Beobachtungen hielt. Doch sein Lehrmeister verzog keine Miene.

»Ihr habt Euch einmal kurz auf den Boden gesetzt«, fuhr Nori fort, »und Ihr habt ein paar Blaubeeren gepflückt, unmittelbar bevor Ihr Ryus Namen gerufen habt. Dann habt Ihr Eure Arme durchgestreckt und danach … Danach habe ich Euch nicht weiter beobachtet, da Ihr schon sehr nah wart.«

»Und das war eine kluge Entscheidung, Nori. Genauso wie es eine kluge Entscheidung war, diesen steil aufragenden Felsen als Versteck zu wählen.« Der Sensei hielt einen Moment inne. »Du musst wissen, dass ich dich nicht bemerkt habe, Nori. Ich habe nur auf diesem Felsen nachgesehen, weil er mir als perfekte Deckung für diese Übung erschien. Und du hast ihn wohlüberlegt für einige exakte Beobachtungen genutzt.« Er nickte ihm zu. »Gut gemacht.«

Nori lächelte verlegen. Er hatte sich noch nicht daran gewöhnt, von seinem Lehrmeister gelobt zu werden.

»Danke, Sensei«, sagte er lediglich und deutete eine Verneigung an.

Sensei Okuse wandte sich Asa zu und Noris verlegenes Lächeln verwandelte sich in ein erleichtertes und glückliches Grinsen.

Tenzo, der neugierig zu ihnen herübergesehen hatte, bemerkte es auf Anhieb und schaute gleich noch grimmiger drein. Für ihn hatte der Sensei wohl wenig Lob übrig gehabt, vermutete Nori. Ryu machte ebenfalls keinen zufriedenen Eindruck. Asa hingegen strahlte, als sie und der Sensei wenig später zu ihnen traten.

Nori hätte sie gerne gefragt, was sie alles aus ihrem Versteck heraus beobachtet hatte, aber der Sensei ließ ihm keine Gelegenheit dazu.

»Für die zweite Übung habt ihr doppelt so viel Zeit, aber nur ein Viertel der Fläche zur Verfügung.« Der Sensei setzte sich abermals auf den Boden und schloss die Augen. »Sucht euch im Umkreis von 40 Stäben ein Versteck. Die Zeit läuft ab jetzt. Verschmelzt mit der Natur, meine Schüler, und werdet eins mit ihr.«

Nori konnte nicht glauben, was er eben gehört hatte. Sein nächstes Versteck sollte sich höchstens 40 Stablängen vom Sensei entfernt befinden? Aber das war doch viel zu nah, um vor dessen Adleraugen auch nur ein paar Sekunden sicher zu sein! Und warum um alles in der Welt hatten sie diesmal doppelt so viel Zeit, wo sie sich doch eh nicht groß bewegen durften? Etwas an dieser Aufgabenstellung verstand er wohl nicht, im Gegensatz zu Asa, Tenzo und Ryu, die alle bereits den Hang hinaufstiegen. Nori warf noch einen kurzen Blick auf den meditierenden Sensei, dann eilte er seinen Mitschülern hinterher.

Weit waren sie nicht gekommen und weit durften sie auch nicht kommen. 40 Stablängen, gerade mal 40 Stablängen. Nori schüttelte ungläubig den Kopf. Und dann war er auch schon bei Asa, die mit beiden Händen im Erdreich wühlte.

»Du gräbst dir ein Loch, um dich darin zu verstecken?«, fragte er Asa flüsternd.

»Natürlich nicht!« Überrascht sah sie ihn an, dann wandte sie den Blick wieder ihren grabenden Händen zu. »Wie sollte ich das denn in der kurzen Zeit hinbekommen?«

Nori merkte, wie dumm seine Frage gewesen war. »Aber was tust du dann?«, fragte er in einem Anflug von Verzweiflung.

»Ich tarne mich«, sagte Asa ein wenig unwirsch und fuhr sich mit ihren erdigen Händen übers Gesicht. »Hast du nicht zugehört, als der Sensei uns nach dem Mittagessen erzählt hat, welche Hilfsmittel die Natur für uns bereithält?«

Nori hatte zugehört, aber nicht begriffen, dass es bei dieser neuen Übung galt, diese Informationen in die Tat umzusetzen. Während Asas Wangen eine schwarzbraune Farbe annahmen, hatte Nori das Gefühl, rot zu werden. Er blickte umher und sah, dass Ryu dabei war, sich aus Gräsern und Blättern eine Art Netz zu knüpfen, das er versuchsweise bereits über seinen Kopf stülpte. Er sah Tenzo, der einige Blaubeeren zerdrückte und deren Mus mit Erde vermischte, die er sich mit breiten Strichen aufs Gesicht schmierte. Und er sah Asa, deren Sommersprossen restlos unter einer schwarzbraunen Schicht verschwunden waren.

»Verschmelzt mit der Natur und werdet eins mit ihr«, hatte Sensei Okuse ihnen auf den Weg mitgegeben. Und Asa, Tenzo und Ryu hatten die richtigen Schlüsse aus dieser Aufgabenstellung gezogen. Sie schritten zielstrebig zur Tat, während er selbst wie gelähmt dastand.

Die Sekunden verrannen. Asas Gesicht war kaum noch zu erkennen. Hinter Ryus Blätternetz waren seine Augen lediglich zu erahnen. Und Tenzo war bereits damit beschäftigt, Heidelbeerblätter auf seine zugekleisterte Haut zu kleben.

»Was stehst du da rum, Nori? Tu was!«, herrschte Asa ihn an.

Nori schluckte, dann sah er Asa dabei zu, wie sie ihre Handrücken einfärbte. Und dann, endlich, gab er sich einen Ruck und fing selbst an, etwas für seine Tarnung zu tun.

Mit zittrigen Händen grub, schmierte, knüpfte und klebte Nori. Doch die Blätter auf seinem Gesicht fielen immer wieder ab, die verknoteten Gräser rissen, und die Erde rieselte ihm in die Augen.

Tenzo versteckte sich in den Heidelbeersträuchern, Ryu war im halbhohen Gebüsch verschwunden, und von Asa fehlte bereits jede Spur, als Nori seine lächerlichen Versuche, sich tarnen zu wollen, entmutigt aufgab. Er zog sich in eine kleine Mulde zurück und haderte mit sich.

Es war nicht einmal eine halbe Stunde her, dass der Sensei ihn gelobt hatte. Doch nun würde er dazu keinen Grund haben, im Gegenteil. Er hatte versagt und gleich würde es auch ihr Lehrmeister sehen.

Nori brauchte nicht lange zu warten. Sein Name war der erste, den der Sensei rief.

Das Bild des Waschbären

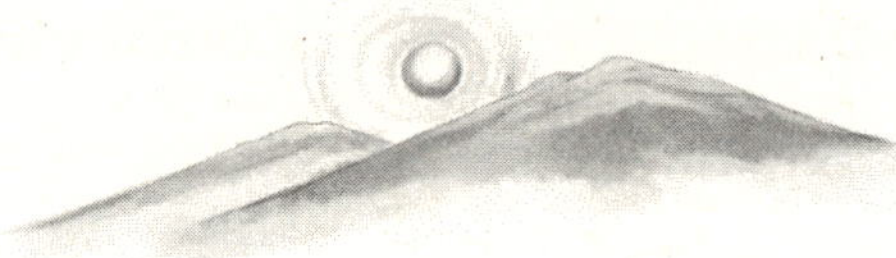

Asa wurde erneut als Letzte entdeckt, aber auch Tenzo und Ryu blieben lange unerkannt – jedenfalls ungleich länger als Nori, der gerade mal ein paar Sekunden durchgehalten hatte. Für ihn war diese Übung ein Fehlschlag, was ihm kurze Zeit später auch Sensei Okuse klarmachte.

Während Asa, Ryu und Tenzo danach zum Abendessen in die Schülerunterkunft gingen, blieb Nori vor der Tür stehen. Er hatte keinen Appetit. Er wollte alleine sein, um seine Gedanken zu ordnen und wieder einen klaren Kopf zu bekommen. Denn die Art und Weise, wie er an der jüngsten Aufgabenstellung gescheitert war, hatte seine Selbstzweifel wieder kräftig wachsen lassen.

»Was ist mit dir, Nori?«, fragte Asa, die bemerkt hatte, dass er stehen geblieben war. »Kommst du nicht mit?«

»Nein«, sagte Nori nur, drehte sich um und ging weg.

Asa unternahm keinen Versuch, ihn umzustimmen. Sie schien zu verstehen, dass er Zeit für sich brauchte.

Nori lief den schmalen Weg entlang, der mitten durch die

kleine Siedlung führte, und ließ sie zügig hinter sich. Er verlangsamte seine Schritte erst, als er sich bereits inmitten der südlichen Reisfelder befand. Das Wasser musste hier schon vor Wochen abgelassen worden sein, weshalb man die Felder trockenen Fußes durchqueren konnte – und dank der Schneise, die Aki und Ikki geschlagen hatten, bequem obendrein. Die beiden Brüder hatten an diesem Nachmittag eine bemerkenswerte Menge Reis abgeerntet. Aber es gab noch viel zu tun.

Nori sah, wie Aki und Ikki am anderen Ende der Schneise arbeiteten. Und er sah Jotta, die sich zwischen ihm und den Zwillingen befand und ebenfalls ihre Sichel schwang – auch sie beteiligte sich mittlerweile also an der Feldarbeit. Unweit von ihr wartete der Esel darauf, zum vermutlich letzten Mal an diesem Tag den Karren zur Siedlung zu ziehen. Es würde kein Spaziergang für das Tier werden, so viel stand fest. Denn die in Garben zusammengebundenen Rispen stapelten sich bereits in stattlicher Höhe auf dem zweirädrigen Karren.

Jotta, die einen Kegelhut aus Stroh trug, hatte Nori noch nicht bemerkt. Sie schlug unermüdlich mit der Sichel auf den Reis ein. Während die Ernte in den Feldern nördlich der Schule der Schatten wohl erst in ein paar Wochen anstand, waren die Pflanzen hier schon so hoch, wie sie überhaupt nur werden konnten. Gewiss hatten Aki und Ikki die Felder zeitversetzt angepflanzt, damit sie nicht alle zur gleichen Zeit abernten mussten. Und dann hatten sie sie sicher eines nach dem anderen geflutet – so machten es Noris Eltern, und so machten es gewiss auch Aki und Ikki. In den Wochen und Monaten, in denen das Wasser hoch stand, wurden die Felder sich selbst überlassen. Wenn das Wasser dann wieder abgelassen wurde, ging die größte Arbeit los – die Ernte.

Jotta beugte sich über die geernteten Pflanzen und band sie mit Stroh zusammen. Ohne lange darüber nachzudenken, beschloss Nori, ihr zur Hand zu gehen. Eigentlich hatte er die Einsamkeit gesucht, aber Jotta, Aki und Ikki konnten ohne Zweifel Hilfe brauchen.

Es war der Esel, der Nori zuerst bemerkte und ihn mit einem lauten Iah begrüßte. Nun sah auch Jotta von ihren Garben hoch.

»Ah, du bist es, Nori.« Sie lächelte. Es war ein aufrichtiges Lächeln und doch wirkte es müde. Die anstrengende Arbeit auf dem Feld hatte ihre Spuren hinterlassen. Nori nickte ihr zu, rang sich ein kurzes, stummes Lächeln ab und griff sich das nächstbeste Stroh, um ebenfalls Rispen zusammenzubinden.

»Nein, nein, du brauchst mir nicht zu helfen«, wimmelte Jotta ihn ab. »Ich schaffe das schon alleine.«

»Ist schon gut«, murmelte Nori, »ich helfe gerne.«

Jotta musterte ihn einen Moment, dann widmete sie sich wieder ihrer Arbeit. »Vielen Dank, Nori. Das ist sehr nett von dir. Erzähl, was habt ihr heute Nachmittag gelernt? Habt ihr euch in der Kunst des Versteckens geübt?«

»Mmhm«, brummte Nori. Er wollte nicht über den Unterricht reden, sondern nur diese Arbeit verrichten. Das war alles. Er zurrte die Garben so fest zusammen, wie er konnte. Zu fest. Das Stroh riss und Nori fluchte.

Jotta musterte ihn abermals. »Was ist los, Nori? Ist etwas passiert?«

»Ja, es ist etwas passiert!« Nori pfefferte die Garben auf den Boden. »Ich … ich habe versagt.«

Und dann brach auf einmal alles aus ihm heraus. Jotta hörte schweigend zu, und erst als er fertig war, redete sie.

»Nori, du bist zu streng mit dir. Niemand erwartet, dass du alles von Anfang an richtig machst. Auch nicht der Sensei. Du bist hier, um zu lernen. Und du bist hier, weil der Sensei glaubt, dass du das Zeug zum Schatten hast. Eine missglückte Übung ändert daran nichts. Bleib konzentriert, Nori. Werde dir klar darüber, was du falsch gemacht hast. Aber dann überlege, was du beim nächsten Mal besser machen kannst. Schau nach vorne, Nori.«

»Hmm.« Nori sagte nichts weiter, widmete sich wieder den Garben und dachte nach. Jotta ließ ihn in Ruhe und ging ebenfalls wieder ihrer Arbeit nach.

Bald spürte Nori, dass es gutgetan hatte, sich alles von der Seele zu reden. Und es tat gut, eine Einschätzung von jemandem zu erhalten, dem er vertraute. Auch wenn er Jotta noch nicht lange kannte, so hatte er sie doch schnell schätzen gelernt.

Sie war nicht nur eine angenehme Zuhörerin, sie hatte es auch geschafft, ihm ohne viele Worte neue Zuversicht zu verleihen.

Am nächsten Morgen verließen der Lehrmeister und seine Schüler die Siedlung in westlicher Richtung. Ihr Ziel war ein kleines Wäldchen, und Nori brannte darauf, die Schmach der jüngsten Übung vergessen zu machen.

Diesmal ging es um das Verstecken in der Luft, und Nori sah auf Anhieb, weshalb Sensei Okuse dafür das kleine Wäldchen ausgewählt hatte. Anders als an dem Berghang, an dem sie am Nachmittag zuvor geübt hatten, wuchsen hier nicht nur Nadelbäume, sondern auch weit einfacher zu erklimmende Laubbäume: Wacholderbäume mit knorrigen, ineinander verschlungenen Ästen oder ausladende Gingkobäume, deren Stämme so dick waren, dass Nori sie nicht einmal zur Hälfte umfassen konnte.

Und dann, fast genau in der Mitte des kleinen Wäldchens, war da noch ein Hiba, ein riesiger Lebensbaum, mit grauer Rinde und gelblich grünen Blättern, vor allem aber mit einem gewaltigen Stamm und unendlich langen Ästen, die der Baum wie Finger zum Himmel reckte.

»Dieser Hiba ist weit über 100 Jahre alt«, sagte Sensei Okuse. »Es gibt nicht viele derart alte Bäume in Isantaj, aber es gibt unzählige jüngere mit ausreichend starken Ästen – bestens dafür geeignet, um sich in der Luft zu verstecken. Doch auch wenn ein Baum stattlich wirkt, solltet ihr ihn nach Möglichkeit untersuchen, bevor ihr ihn erklimmt, damit ihr keine böse Überraschung erlebt.« Der Sensei hob einen Ast auf, der unter dem Hiba lag. »Unter diesem Lebensbaum finden sich nicht viele Äste. Das ist ein Zeichen dafür, dass der Baum trotz seines hohen Alters immer noch gesund ist. Um Bäume, unter denen viel Totholz liegt, solltet ihr hingegen lieber einen Bogen machen, denn sie können krank sein. Und dann steht zu befürchten, dass die Äste euer Gewicht nicht tragen.«

Sensei Okuse lief einmal um den Lebensbaum herum, was aufgrund dessen gewaltiger Ausmaße einige Sekunden dauerte.

»Dieser Hiba hat keinen einzigen Ast in Bodennähe, was euch womöglich nicht gefällt, denn je niedriger die unteren Äste hängen, umso einfacher und schneller klettert man in die Krone. Aber das ist mitunter zu kurz gedacht, meine Schüler. Ein Baum, der sehr viele Äste in Bodennähe hat, ist vielleicht schon im Begriff, zu verfaulen oder abzusterben. Und brechende Äste sind nicht nur tückisch, sondern auch laut. Sie können euren Aufenthaltsort verraten.«

Der Sensei schlug den Ast, den er in der Hand hielt, gegen den Stamm. Er brach in der Mitte entzwei, was alles andere als leise vonstattenging.

»Fehlt ein beträchtlicher Teil der Rinde, ist ebenfalls Vorsicht geboten, denn dann wird der Baum unter Umständen von einem Pilz geschwächt«, fuhr der Sensei fort. »Meiden solltet ihr auch Bäume, auf denen ihr viele Tiere oder Vogelnester ausmacht. Denn Tiere, die um ihr Leben oder das ihres Nachwuchses fürchten, veranstalten meist einen Höllenlärm, um sich zu verteidigen.«

Ein Rascheln hinter ihnen ließ sie alle herumfahren. Doch es war nur ein junger Waschbär, der einen Baumstamm in der Nähe hochkletterte, ohne auch nur einen einzigen Ast zu benötigen. Er klebte förmlich am Stamm und bewegte sich in rasantem Tempo nach oben, wo sein buschiger Schwanz binnen kürzester Zeit zwischen dichten Blättern verschwand.

»Habt ihr gesehen, wie gewandt dieser kleine Kerl klettern kann? Davon können wir Menschen nur träumen. Aber wir können uns einiges von ihm und seinen Artgenossen abschauen.«

Der Sensei ging zu dem Baum, den der Waschbär erklommen hatte und der um einiges schmaler als der Hiba war. Um jede Seite des astlosen Stammes wand er einen Arm und ein Bein, wobei er Oberschenkel und Waden dicht an die Rinde presste. Dann zog er sich Stück für Stück nach oben, in dem er Hände und Beine abwechselnd benutzte.

Mit dem Waschbär konnte der Sensei zwar nicht mithalten, aber auch er brauchte nicht lange, um die untersten Äste zu erreichen, wo seine Füße Halt fanden. Statt weiter in die Baumkrone zu steigen, machte sich der Sensei jedoch gleich wieder an den Abstieg, den er auf die gleiche Weise wie den Aufstieg bewältigte, nur dass er seinen Körper diesmal Stück für Stück am Stamm nach unten rutschen ließ.

»Nehmt stets den gleichen Weg zurück, den ihr auch nach oben genommen habt, denn ihr wisst, dass er funktioniert hat«, sagte der Sensei und sprang auf den Waldboden.

»Und nun, meine Schüler, sucht sich jeder von euch einen Baum mit hoch hängenden Ästen. Erinnert euch daran, wie der Waschbär diesen Stamm hinaufgeklettert ist, und macht es wie er.«

Nori begab sich zu einer nahe stehenden Buche, deren unterster Ast sich gut und gerne vier Stablängen über dem Boden befand. Er wusste nicht, ob er sich zu viel zutraute, aber er wollte es versuchen. Außerdem war auf Bäume zu klettern etwas, mit dem er durchaus vertraut war. In seinem Heimatdorf gab es wohl keinen Baum, den er nicht erklommen hatte. Aber das hieß natürlich nicht viel in Anbetracht der wenigen Bäume, die dort wuchsen. Und so astlos wie diese Buche waren sie nahe des Bodens allesamt auch nicht.

Nori schlang Arme und Beine um den Stamm, rief sich den Waschbären ins Gedächtnis, stellte sich vor, es wie er zu machen, und stieß sich mit beiden Füßen vom Waldboden ab. Gleichzeitig schob er seine Arme ein paar Fingerbreit nach oben und zog sofort die Beine nach. Das wiederholte er einige Male, ehe er sich erstmals einen Blick nach unten und nach oben gönnte. Zwischen Waldboden und seine Füße passten nun schon anderthalb Stäbe, der erste Ast war aber noch ungleich weiter entfernt.

Wieder und wieder zog er sich nach oben. Seine Schenkel brannten, so stark presste er sie gegen den Stamm, und seine Finger verkrampften sich. Der rettende Ast war bald zum Greifen nah. Nori biss die Zähne zusammen, bis er ihn schließlich packen konnte.

Eine letzte Kraftanstrengung später stand er mit beiden Füßen auf dem Ast, keuchend, aber glücklich. Er blickte nach unten und sah ins Gesicht von Sensei Okuse, der zu ihm aufschaute und rief: »Gut gemacht, Nori, sehr gut! Im Vergleich zu diesem ersten Abschnitt wird der weitere Weg in die Baumkrone ein Kinderspiel werden.«

Und so war es auch. Natürlich musste Nori auf seinen Tritt achten und die Äste, die er benutzte, gezielt wählen. Aber das erforderte nur Konzentration und keine solche Kraftanstrengung wie das Stück bis zum ersten Ast. Nori konnte sich nicht vorstellen, dass er jemals auch nur annähernd wie ein Waschbär klettern würde, aber fürs Erste war er mit sich zufrieden.

Und dann hatte er die Baumkrone erreicht, wo sich die Sonnenstrahlen ihren Weg durch die Blätter brachen. Nori suchte sich eine Stelle, wo er sicher stand. Er lehnte sich gegen den Stamm und genoss den Moment. Um die Schule der Schatten sehen zu können, war er immer noch nicht hoch genug, denn um die Buche herum wuchsen einige noch höhere Bäume. Aber es war trotzdem ein fantastisches Gefühl, hier oben zu stehen, weit über dem Waldboden und weit über allen Dingen.

Von der Krone der Buche aus betrachtet, war Sensei Okuse ein ziemlich kleiner Punkt. Aber wo steckten die anderen? Nori suchte mit den Augen die Wipfel ab und wurde bald fündig: In einer etwa 20 Stablängen entfernten Baumkrone stand Asa. Und obwohl er es nicht sehen konnte, hatte Nori das Gefühl, als ob sie ihm zulächelte. Er lächelte ebenfalls, nahm eine Hand vom Stamm und winkte ihr zu. Asa winkte zurück und in diesem Moment fühlte sich Nori unbeschwert, voller Tatendrang und bereit für jede nur denkbare Herausforderung.

Keine 30 Minuten später rutschte Nori zum wiederholten Male vom Stamm des Lebensbaumes ab und seine überschwängliche Zuversicht war wie weggeblasen. Wie hatte er nur glauben können, er sei für jede Herausforderung gewappnet, bloß weil er es geschafft hatte, eine Buche hinaufzuklettern? Eine, im Nachhinein betrachtet, geradezu lächerliche Buche, deren Stamm sich im Vergleich zu diesem Lebensbaum dünn wie der Bambusstab des Senseis ausnahm.

Nori schüttelte den Kopf ob seiner fehlgeleiteten Selbstsicherheit. Die neue Aufgabe des Senseis hatte ihn schnell auf den Boden der Tatsachen zurückgeholt. Er hatte keinen blassen Schimmer, wie er es schaffen sollte, den Hiba zu erklimmen, diesen uralten Baum mit seiner ungemein glatten Rinde und seinem dicken Stamm, um den nur ein Riese Arme und Beine hätte schlingen können.

Nori fühlte sich seinem Ziel so fern wie ein Wurm den Wolken. Er war am Verzweifeln, aber irgendwie musste er auf den Baum kommen, koste es, was es wolle. Asa hatte es schließlich auch geschafft.

Doch Asa bewegte sich immer geschmeidig wie eine Katze auf dem Dach, verschmolz wie ein Chamäleon mit der Natur und war überhaupt in allem die Beste der vier Schüler. Nori fragte sich, ob es etwas gab, was sie nicht könnte.

Aber diese Aufgabe hier – wie hatte sie die nur bewerkstelligt? Nori wusste es nicht. Asa war auf der gegenüberliegenden Seite des Stammes gestartet, und so hatte er sie erst zu Gesicht bekommen, als sie sich schon über ihnen in den Ästen befunden hatte. Er wusste nur, wie man den dicken, glatten und astlosen Hiba nicht hinaufkam: Man konnte sich weder nach oben schwingen noch fand man Halt für die Füße. Noris einziger Trost war, dass Ryu und Tenzo genauso kämpften wie er selbst.

Sensei Okuse wollte diesem Trauerspiel offenbar nicht beiwohnen. Er hatte sich zurückgezogen, um zu meditieren, und Nori war durchaus froh darüber. Es reichte, dass Asa ihnen von oben zusah, wie sie sich in Ungeschicklichkeit überboten.

»Vielleicht solltet ihr es auf der Seite versuchen, auf der ich es geschafft habe!«, rief sie ihnen zu. »Dort gibt es zumindest ein paar Knubbel in der Rinde.«

»Warum hast du das nicht gleich gesagt?«, murrte Tenzo und begab sich sofort an die Baumseite, von der Asa gesprochen hatte.

Nori ging ebenfalls um den Baum herum – und tatsächlich, da gab es Ausbuchtungen am Stamm. Aber es waren gerade einmal drei, in beträchtlicher Entfernung voneinander und zudem nicht sonderlich erhaben. Tenzo hatte große Mühe, sie als Fußstützen zu benutzen, und es kostete ihn nicht nur Konzentration, sondern auch viel Kraft, seine Finger um sie zu krallen und sich an ihnen hochzuziehen. Ein ums andere Mal rutschten seine Füße ab oder seine Finger verloren den Halt.

»Was glotzt du so blöd?«, herrschte Tenzo Nori an, als er erneut unsanft auf dem Waldboden landete.

Nori wusste nicht, was er sagen sollte. »Ich … Ich warte doch nur, bis du es nach oben geschafft hast.«

Tenzo warf ihm einen giftigen Blick zu. »Dann warte, aber starr mich nicht an! Da kann sich ja kein Mensch konzentrieren!«

Nori wollte sich schon abwenden. Dann aber überlegte er es sich anders. »Jetzt bin ich also schuld, dass du nicht auf den Baum kommst?«, schimpfte er.

»Ja, ganz genau!«, rief Tenzo und baute sich vor ihm auf.

Noris Herz pochte, aber er wich nicht zurück.

»Schluss damit!«, schrie Asa von oben. »Aufhören, sofort! Wollt ihr etwa, dass der Sensei sieht, wie sich zwei seiner Schüler streiten?«

Tenzo starrte sie grimmig an, dann aber schien er sich wieder in den Griff zu bekommen. Er ging zurück zum Hiba, doch da versuchte bereits Ryu sein Glück. Während der kleinen Auseinandersetzung hatte er sich still und leise darangemacht, den Lebensbaum an der Seite, wo sich die Knoten in der Rinde befanden, nach oben zu klettern.

Nori sah ihm gebannt zu, genau wie Tenzo und Asa. Als Ryu nach dem am niedrigsten hängenden Ast griff und seinen Körper hinaufschwang, bellte Bax. Es klang wie Beifall. Beifall, den Ryu verdient hatte.

Eine weitere Einladung

Sensei Okuse beendete seine Meditation just in dem Moment, als seine vier Schüler es in die Krone des Hiba-Lebensbaums geschafft hatten. Nori glaubte keine Sekunde daran, dass es sich dabei um einen Zufall handelte. Ihr Lehrmeister bat sie, wieder herunterzukommen, und als sie alle im Schatten des mächtigen Lebensbaumes standen, musterte er sie schweigend.

Er weiß es. Er weiß, dass Tenzo und ich Streit hatten, ging es Nori durch den Kopf. Wo genau Sensei Okuse sich zum Meditieren niedergelassen hatte, hatte er nicht mitbekommen. Aber seinem Blick nach zu urteilen, war er in Sicht- und Hörweite gewesen.

»Schatten sind keine Einzelgänger«, sagte der Sensei, »auch wenn sie manche Missionen allein bestreiten. Ihr, meine Schüler, solltet zusammenhalten.« Er sah sie durchdringend an, dann nickte er, so als ob damit alles gesagt wäre, und holte einen Brief hervor. »Ihr habt noch eine Einladung bekommen.«

»Von wem, Sensei?«, fragte Asa.

»Von einem Freund«, sagte der Sensei schlicht. »Seine Brieftaube ist heute in aller Frühe angekommen.«

»Seine Brieftaube?«, entfuhr es Nori.

»Ja, Schatten nutzen Brieftauben, um wichtige Nachrichten zu verschicken«, sagte Tenzo eifrig. »Meine Mutter hat mir davon erzählt.«

»Das tun sie«, bestätigte der Sensei. »Und das ist auch der Grund, warum es in der Schule der Schatten einen Taubenschlag gibt.« Er blickte auf den Brief in seiner Hand. »Wie ich schon sagte, stammt diese Einladung von einem Freund. Einem Pferdezüchter. Sein Name ist Kuro.«

Nori schluckte schwer. Er dachte an seine Begegnung mit Kuro zurück und wie der ihm den Anfang des versteckten Pfades gezeigt hatte. Er hoffte nur, dass nichts davon in dessen Nachricht stand.

»Kuros Hof liegt an der Landstraße«, führte der Sensei aus. »Bis dahin ist es etwa ein vierstündiger Fußmarsch.«

»Ich bin an diesem Hof vorbeigekommen auf meinem Weg zur Schule der Schatten«, erzählte Asa.

Ryu nickte, so als ob das auch für ihn gelte.

»Wenn ihr bald losgeht, seid ihr noch vor dem Abend dort«, fuhr der Sensei fort. »Kuro lädt euch zum Essen ein. Vor allem aber wird er euch vier seiner Tiere mitgeben.«

»Wir bekommen unsere eigenen Pferde?«, fragte Asa aufgeregt.

»So ist es«, bestätigte der Sensei. »Meinem Schimmel und den Maultieren von Aki und Ikki wird ein wenig vierbeinige Gesellschaft nicht schaden. Vor allem aber braucht ihr ein Fortbewegungsmittel, das euch weiter trägt, als eure Füße es tun. Wie ich von deinem Vater weiß, kannst du schon reiten, Asa?«

»Ja«, erwiderte Asa freudestrahlend, »ich ...«

»Ich kann auch reiten«, schnitt ihr Tenzo das Wort ab. »Meine Mutter hat es mir beigebracht.«

Der Sensei schenkte ihm keine Beachtung. »Wie steht es mit euch, Ryu und Nori?«, fragte er stattdessen.

Beide schüttelten den Kopf.

»Das macht nichts«, sagte der Sensei, »denn zum Unterricht in der Schule der Schatten gehört auch das Reiten. Wir werden damit anfangen, wenn ihr mit den Pferden wieder zurück seid. Heute Nachmittag werde ich erst einmal Aki, Ikki und Jotta bei der Ernte in den südlichen Feldern helfen. Was euch angeht ... Wenn ihr wollt, könnt ihr noch heute mit euren Pferden den Rückweg antreten. Ihr müsst sie auf dem geheimen Pfad führen, aber da wir Vollmond haben, werden sie sich nicht die Beine brechen. Ihr könnt jedoch auch bei Kuro übernachten und erst morgen früh von dort aufbrechen.« Der Sensei hielt kurz inne. »Es ist einzig und allein eure Entscheidung. Ihr solltet sie nur gemeinsam treffen.«

Sensei Okuse erklärte ihnen grob, wie sie zu Kuro gelangen würden. Doch im Grunde beinhaltete seine Wegbeschreibung lediglich was Nori ohnehin schon wusste: nämlich dass Kuros Haus sich unweit der Landstraße nach Kazara befand. Und dass sie es nicht verfehlen konnten, da es dort weit und breit kein anderes Anwesen gab.

Bax genoss es, vor ihnen herzurennen, zu Ryu zurückzukommen und dann wieder auszubüxen. Und auch unter den Schülern herrschte gelöste Stimmung. Sie alle freuten sich über einen unterrichtsfreien Nachmittag.

Als das Gelände anstieg, folgten sie dem schmalen Trampelpfad, den jeder von ihnen schon einmal in entgegengesetzter Richtung gegangen war. Nori erkannte die Stelle wieder, wo Asa sich von hinten an ihn angeschlichen hatte, und sogar die Wurzel, an der er hängen geblieben war und wegen der er sich das Knie aufgeschürft hatte. Und als sie den Gipfel des Berges erklommen hatten, erkannte er auch den kleinen, schwarzen Punkt in der Ferne wieder: ihr Ziel.

Nori entschied sich, den anderen von Kuro zu erzählen. Denn dass sie beide sich kannten, würde Asa, Tenzo und Ryu sowieso nicht verborgen bleiben, wenn sie sich erst einmal auf Kuros Hof befanden.

»Der Pferdezüchter, zu dem wir unterwegs sind …«, fing er an. »Ich bin ihm schon einmal begegnet.«

»Tatsächlich?«, sagte Asa. »Wann denn?«

»Auf meinem Weg zur Schule der Schatten, kurz bevor ich dich getroffen habe. Und zwar dort, am Fuße des Berges.«

Nori zeigte nach unten. Er rang mit sich, ob er mehr sagen oder den Rest verschweigen sollte. Aber Asa, Ryu und Tenzo waren seine Mitschüler. Er wollte keine Geheimnisse vor ihnen haben. Vor allem nicht vor Asa.

»Ich habe ihn nach dem Weg gefragt«, gestand Nori. »Dem Weg in die Schule der Schatten.«

Die anderen machten überraschte Gesichter.

»Aber auf der Einladung stand doch, dass wir mit niemandem außer unseren Eltern über die Schule sprechen sollen!«, empörte sich Tenzo.

»Ich weiß. Oder vielmehr: Das wusste ich«, sagte Nori leise. »Aber dann hatte ich Angst, das versteckte Tal nicht rechtzeitig zu finden. Ich wollte auf keinen Fall zu spät kommen.«

Ryu nickte verständnisvoll. »Ich denke, das wollte keiner von uns.«

»Natürlich nicht«, sagte Tenzo. »Aber wir drei«, er blickte Ryu und Asa an, »haben nicht gegen die Regeln verstoßen. Nori schon.«

»Nori hat nicht absichtlich gegen die Regeln verstoßen«, erwiderte Asa. »Außerdem hat er es uns eben freiwillig erzählt.«

»Uns schon.« Tenzo lachte auf. »Aber ich wette, dem Sensei nicht. Habe ich recht, Nori?«

»Ja«, antwortete er zögerlich.

»Und wenn schon«, verteidigte ihn Asa. »Es ist nicht unsere Sache, darüber zu urteilen, Tenzo. Hast du nicht zugehört, was der Sensei vorhin im Wäldchen gesagt hat? Wir Schüler sollen zusammenhalten. Und Aki und Ikki haben uns gestern das Gleiche nahegelegt.«

»Pff«, schnaubte Tenzo verächtlich. »Du glaubst doch nicht wirklich, dass ich etwas auf die Ratschläge von Reisbauern gebe? Bestimmt nicht.«

»Das solltest du aber«, entgegnete Asa. »Begreifst du nicht, dass du dich hier nicht so aufspielen solltest wie zu Hause, Tenzo? Den Sensei und seine Leute interessiert es nicht, dass du der Sohn eines reichen Großgrundbesitzers bist. Und Nori, Ryu und mich noch weniger! Komm endlich von deinem hohen Ross runter!«

»Von meinem hohen Ross runterkommen?« Tenzo lachte. »Das werde ich, Asa. Aber erst wenn ich wieder in der Schule der Schatten bin. Ihr könnt ruhig morgen früh zurücklaufen und eure Pferde neben euch herführen – ich aber gedenke, heute im Licht des Vollmonds zurückzureiten.«

Asa verdrehte die Augen. »Wenn du heute Abend wirklich allein zurückreitest, Tenzo, solltest du lernen, früher aufzustehen.

Denn wir werden dich dann in Zukunft nicht mehr wecken.«

Tenzo rang sich ein Lächeln ab und ging, ohne etwas zu erwidern, voran. Asa hatte einen wunden Punkt getroffen. Das war ihm offenbar selbst klar.

Nach einer Weile wandte sich Asa Nori zu. »Kannte Kuro denn den Weg?«, fragte sie.

»Ja und nein«, erwiderte Nori. »Er war angeblich noch nie in der Schule der Schatten und kennt auch ihre genaue Lage nicht. Aber er wusste, wo der geheime Trampelpfad beginnt. Er hat mir die Stelle gezeigt.«

»Ich verstehe«, sagte Asa lediglich und beschleunigte dann ihre Schritte.

Nori blieb zurück und bemerkte, wie Tenzo über seine Schulter blickte und spöttisch lächelte. Hatte er mitgehört? Vielleicht. Nori konnte es nicht mit Gewissheit sagen, aber es kümmerte ihn auch nicht. Stattdessen dachte er über Asas Reaktion nach. War sie enttäuscht von ihm? Enttäuscht, dass er fremder Hilfe bedurft hatte, um den Weg zur Schule der Schatten zu finden? Es schien so. Und das machte Nori traurig.

Asa war nicht nur die Geschickteste von ihnen, was die Ninja-Künste anging. Sie verstand es auch am besten, Tenzo etwas entgegenzusetzen und seine Angebereien ins Leere laufen zu lassen. Von ihr konnte Nori noch viel lernen. Und wenn er schon nicht mit ihr mithalten konnte, so wollte er doch wenigstens vor ihr bestehen.

Der Abstieg war recht schnell bewältigt. Nun, wo sie Kuros Hof nicht länger als schwarzen Punkt in der Ferne sahen, mussten sie ihren weiteren Weg nach der Sonne ausrichten. Und an den Bergen.

Bax und Ryu verdrängten Tenzo rasch von der Spitze und führten ihre kleine Gruppe an. Sie schlugen beinahe einen geraden Weg nach Norden ein, der sie am Fuß der Berge vorbeiführte, die eine natürliche Grenze zwischen Isantaj und Kazara bildeten. Eine natürliche Grenze, die nur durch einen einzigen Bergpass unterbrochen wurde, wie sie etwa anderthalb Stunden später sahen. Ryu hatte sie zielsicher geführt, und nun erkannte Nori, dass die Landstraße sich östlich von ihnen zwischen die Berge hindurchwand, die auf beiden Seiten hoch aufragten. Es war ein Anblick, der Nori unweigerlich Respekt einflößte. Ebenso wie der Gedanke an das, was sich hinter diesen Bergen befand.

»War einer von euch schon einmal in Kazara?«, fragte er.

Ryu schüttelte den Kopf.

»Nein«, sagte Asa. »Aber mein Vater vermutlich schon.«

»Meine Mutter war dort, das weiß ich«, sagte Tenzo bestimmt.

»Wurden sie auf Missionen nach Kazara geschickt?«, wollte Nori wissen.

»Ich schätze schon.« Asa zuckte mit den Schultern. »Aber mein Vater erzählt nie etwas von seinen Aufträgen.«

»Meine Mutter schon. Jedenfalls mir«, gab Tenzo an. »Wisst ihr, sie hatte damals erheblichen Anteil daran, dass der Kaiser von Kazara unserem Land einen Waffenstillstand anbot.«

»Wirklich?« Noris Neugier war geweckt. »Die Geschichte würde ich gern hören.«

Tenzo fühlte sich sichtlich geschmeichelt. »Nun«, er räusperte sich, »das trug sich bei der Bastion von Ba...«

»Ich unterbreche euch ja nur ungern«, fuhr Asa dazwischen, »aber ich fürchte, das muss warten.« Sie deutete auf den Hof, der sich einige Steinwürfe von der Straße entfernt in westlicher Richtung befand.

Tenzo bedachte sie mit einem grimmigen Blick. Es ärgerte ihn offenkundig, nicht von den Heldentaten seiner Mutter erzählen zu können. Auch Nori bedauerte es, nicht an Ort und Stelle mehr zu erfahren. Aber Asa hatte ja recht. Kuro erwartete sie.

Im Stroh

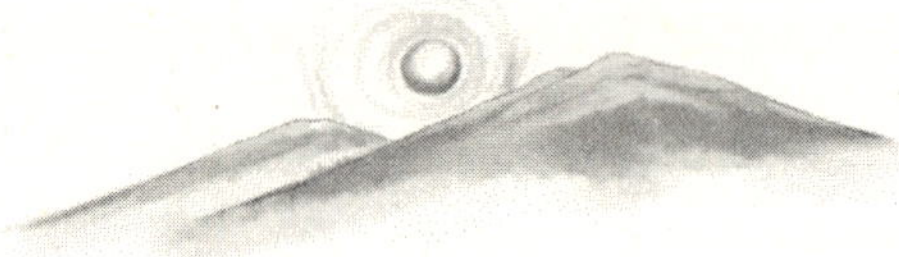

Womit Kuro sein Geld verdiente und seine Tage verbrachte, war auf Anhieb zu erkennen. Sein Häuschen war zwar klein und niedrig, aber davor befanden sich ein geräumiger Stall und eine Koppel, die gut und gerne so groß war wie Noris Heimatdorf.

Mitten auf der Koppel stand Kuro, umgeben von einer Herde von Pferden. Als er Nori und die anderen erblickte, löste er sich augenblicklich von seinen Tieren und schwang sich gewandt über den Zaun.

»Nori!«, rief er fröhlich. »Schön, dich wiederzusehen! Und du kannst niemand anderes als Asa sein.« Er lächelte dem einzigen Mädchen in ihrer Gruppe zu. »Aber wer von euch ist Ryu? Und wer Tenzo? Halt, sagt nichts! Ich komme schon selbst dahinter!«

Er musterte die beiden Jungen, die er noch nicht kannte. Während Ryu seinen Blick freundlich erwiderte, verschränkte Tenzo die Arme und schaute ungeduldig drein.

»Ich glaube, du bist Tenzo«, sagte Kuro schließlich. »Liege ich richtig?«

»Mmhm«, brummte Tenzo.

»Und du bist Ryu«, wandte sich Kuro an ihn.

»Der bin ich.« Ryu nickte. »Aber wie konntet Ihr das so bestimmt sagen?«

»Wenn ich ehrlich bin: vor allem wegen des Hundes an deiner Seite. Aber der Sensei hat mir auch ein paar Worte über euch geschrieben. Damit ich die richtigen Pferde für euch auswähle.«

Nori machte ein erschrockenes Gesicht. Was Sensei Okuse wohl über ihn geschrieben hatte?

»Keine Angst«, wiegelte Kuro augenblicklich ab. »In seinem Brief stand nichts Schlechtes, über keinen von euch. Nur ein paar Bemerkungen über euren Charakter, nichts weiter.«

Vermutlich wollte Kuro sie damit beruhigen, doch das Gegenteil war der Fall. Jetzt schauten auch Asa, Tenzo und Ryu erschrocken drein.

»Nun macht doch nicht solche Gesichter«, beeilte sich Kuro zu sagen. »Es ging ja nur darum, dass ich für euch Pferde auswähle, die zu euch passen. Für dich, Asa, habe ich ein athletisches Pferd ausgesucht. Einen Vollblüter mit Temperament. Siehst du den Araberfuchs da hinten?« Er zeigte auf ein kräftiges Pferd mit rötlichem Fell, breiter Stirn und tief sitzenden Augen. »Das ist deiner.«

»Wirklich?« Asa sah aus, als würde sie Kuro gleich um den Hals fallen. »Oh, wie großartig!«

Kuro lächelte. »Ryu, für dich habe ich ein schnelles, wendiges

Pferd vorgesehen. Eines, das dir ein treuer Begleiter sein wird, genau wie dein Hund. Der Rappe, der mitten auf der Koppel steht … er gehört dir.«

Ryu nickte ehrfürchtig in Anbetracht des eindrucksvollen Tieres, dessen Mähne, Schweif und Fell schwarz wie die Federn eines Raben waren.

»Tenzo, du bekommst den Braunen hier vorne.« Kuro deutete auf das kräftige, dunkelbraune Pferd, das ihnen am nächsten war. »Es ist ein Warmblüter, und ich glaube, ihr werdet wunderbar miteinander auskommen.«

»Ein Warmblüter? Kann ich nicht auch einen Vollblüter haben?«, nörgelte Tenzo.

»Hmm, nein, ich denke nicht«, sagte Kuro lediglich. Dann wandte er sich Nori zu. »Und für dich, Nori, habe ich einen Lichtfuchs gewählt.« Er zeigte auf ein Pferd mit hellbraunem Fell, weißer Mähne und weißem Schweif. »Es ist ein Gebirgspferd, verlässlich und nervenstark.«

Nori gefiel sein Pferd auf den ersten Blick. Und die Eigenschaften, die es laut Kuro aufwies, waren vermutlich genau die richtigen für ihn. Schließlich war er noch nie in seinem Leben geritten und selbst eher ein Nervenbündel als nervenstark. Es konnte daher nur gut sein, wenn sein Pferd das wieder ausglich.

»Ich hoffe, ihr seid zufrieden mit meiner Wahl«, sagte Kuro. »Ich habe sie nach bestem Wissen und Gewissen getroffen.«

»Oh ja!«, rief Asa fröhlich. »Mehr als zufrieden!«

Auch Ryu und Nori bedankten sich wortreich, nur Tenzo grummelte etwas Unverständliches vor sich hin.

»Ihr habt so viele wunderbare Pferde, Kuro«, sagte Asa beeindruckt. »Ich könnte stundenlang hier stehen und sie beobachten.«

»Da geht es dir wie mir.« Kuro lächelte selig. »Wisst ihr, manchmal fragen mich die Leute, die meine Pferde kaufen, warum ich mich hier, fernab von einem Dorf, niedergelassen habe. Aber wer braucht schon die Gesellschaft von Menschen, wenn er solch anmutige Geschöpfe um sich hat? Ich jedenfalls nicht.« Er lachte. »Doch über euren Besuch freue ich mich aufrichtig. Es ist mir stets eine Ehre, die Schüler des Senseis bei mir zu begrüßen. Er ist ein großer Mann, und ich bin stolz darauf, mich seinen Freund nennen zu dürfen.« Er machte eine Pause. »Bleibt ihr über Nacht?«

Asa warf einen schnellen Blick zu Tenzo. »Darüber sind wir uns noch nicht ganz einig.«

Kuro zuckte mit den Schultern. »Kommt erst mal mit rein und stärkt euch. Dann könnt ihr immer noch entscheiden, ob ihr bleiben oder aufbrechen wollt. An euren Pferden wird's jedenfalls nicht scheitern. Die haben sowohl an einem abendlichen als auch an einem morgendlichen Ausflug Freude.«

Er hielt auf sein kleines Häuschen zu,

doch im selben Moment machte sich auf einmal Bax bemerkbar. Bellend rannte er in Richtung Landstraße.

Kuro blieb stehen, blickte zu Ryus Hund und dann weiter nach Osten.

Nori kniff die Augen zusammen, um besser sehen zu können. Über der Landstraße hing eine Staubwolke. Und sie wurde von Sekunde zu Sekunde größer.

»Das sind Reiter«, sagte Tenzo. »Und sie galoppieren!«

»Erwartet Ihr Besuch, Kuro?«, fragte Asa.

»Nein, das tue ich nicht.« Kuro schüttelte den Kopf und blickte regungslos zu der näher kommenden Staubwolke. Doch dann kam plötzlich Bewegung in ihn. »Schnell, folgt mir! Falls diese Reiter hierherkommen, ist es besser, wenn sie euch nicht sehen!«

»Aber sie wissen doch gar nicht, wer wir sind!«, wandte Asa ein.

»Das tut nichts zur Sache.« Kuro rannte auf den Stall zu und beeilte sich, das Tor zu entriegeln. »Diese Reiter kommen aus Kazara. Das genügt mir, um vorsichtig zu sein. Und jetzt rein mit euch! Schnell!«

Er hielt ihnen mit einer Hand das Tor auf, mit der anderen winkte er sie zu sich. Ryu pfiff Bax herbei und Nori und Asa wechselten einen schnellen Blick. Dann beeilten sie sich, in den Stall zu gelangen.

Während Kuro sich hastig an einem Berg Strohballen zu schaffen machte, blickte sich Nori im Stall um. Zu seiner Rechten hingen Sättel, Hufeisen und Werkzeug. Dann kamen die Strohballen, die beinahe bis zur Decke aufgestapelt waren. Pferde befanden sich hingegen keine im Stall. Sie waren im Augenblick also alle auf der Koppel. Nori nahm an, dass sie sich bei gutem Wetter immer dort aufhielten. Das auf dem Boden ausgebreitete Stroh war jedenfalls frei von Verunreinigungen, was aber natürlich auch an Kuros Sorgfalt liegen konnte.

»Los, hier rein!« Der Pferdezüchter deutete auf eine schmale Lücke zwischen den Strohballen und der Rückwand des Stalls. Als Erstes huschte Bax in den engen Spalt, bis er sich ganz in der Ecke befand. Danach folgten Ryu, Tenzo und Asa. Als Letzter schlüpfte Nori seitwärts hinein. Er erinnerte sich daran, wie sie geübt hatten, wie Krabben zu gehen. Doch das hier war keine Übung, Kuro war ernsthaft besorgt.

Kaum waren sie alle zwischen Stallwand und Strohballen eingepfercht, schichtete Kuro neben Nori weitere Strohballen auf.

»Rührt euch nicht von der Stelle«, keuchte er. »Bleibt dort, bis ich euch holen komme!«

Sein strenger Tonfall machte deutlich, dass er in dieser Sache keinen Widerspruch duldete.

Als er davoneilte, waren neben Nori so viele Strohballen aufgeschichtet, dass nur ein Riese etwas von ihm zu Gesicht bekommen hätte. Er stand Schulter an Schulter neben Asa und wartete. Keiner von ihnen wagte, etwas zu sagen. Auch Bax gab keinen Laut von sich. Dafür vernahmen sie deutlich das Geräusch von Pferdehufen, das lauter und lauter wurde, bis es plötzlich wieder abnahm und schließlich ganz verstummte. Einen Moment lang war nur noch das Wiehern und Schnaufen von Pferden zu hören. Dann vernahm Nori die Stimme von Kuro.

»Ich grüße euch«, hörte er den Pferdezüchter sagen. »Was führt euch zu meinem bescheidenen Anwesen?«

»Wir sitzen seit dem Morgengrauen im Sattel«, erwiderte ein Mann mit leicht heiserer, aber samtiger Stimme. »Und nun brauchen wir einen Ort, wo wir unser Nachtlager aufschlagen und ruhen können.«

»Ich bedaure, aber ich bin kein Gastwirt, sondern Pferdezüchter«, entgegnete Kuro höflich.

»Das sehe ich. Fürwahr, prächtige Tiere habt Ihr hier!« Der Mann schnalzte mit der Zunge. »Und das trifft sich gut, denn wir sind schon tagelang unterwegs und ein paar unserer Pferde sind mit ihren Kräften am Ende. Wir könnten also einen kleinen Tausch veranstalten. Einige unserer Pferde gegen einige von Euren. Was haltet Ihr davon, Pferdezüchter?«

»Nichts«, erwiderte Kuro bestimmt. »Bei allem Respekt, aber Eure Pferde sind nichts Besonderes. Bessere als meine werdet Ihr hingegen in ganz Isantaj nicht finden. Und ich nehme an, in Kazara auch nicht.«

»Da mögt Ihr recht haben. Und deshalb ziehe ich meinen Vorschlag zurück. Unsere mittelmäßigen Tiere gegen Eure prächtigen einzutauschen, wäre wirklich nicht richtig.« Der Mann mit der samtigen Stimme machte eine Pause. »Wir werden sie uns also einfach nehmen. Wie findet Ihr das, Pferdezüchter?«

Nori wurde heiß und kalt gleichzeitig. Wer waren die Reiter auf Kuros Hof? Räuber? Banditen?

»Diese Pferde sind mein Ein und Alles«, hörte er Kuro sagen. »Ich werde sie euch nicht einfach überlassen.«

»Ich denke, das werdet Ihr doch«, antwortete der Mann, der die Reiter offenbar anführte, in gleichgültigem Ton. »Wir bleiben heute Nacht jedenfalls hier.« Sofort setzte zustimmendes Gemurmel unter seinen Männern ein. »Morgen früh nehmen wir uns die Pferde«, fuhr der Fremde fort. »Und dann brennen wir deinen Hof nieder.«

Das Gemurmel wurde lauter und vereinzelt mischten sich auch bestätigende Rufe darunter. Es fehlte nicht viel, und auch Nori hätte aufgeschrien, wenngleich vor Entsetzen.

»Genug!«, befahl der Anführer mit fester Stimme. Sofort wurden seine Männer still. »Fesselt und knebelt den Pferdezüchter. Durchsucht das Haus und seht auch im Stall nach. Womöglich hält sich noch irgendwo ein schüchternes Hausmädchen oder ein verängstigter Stalljunge versteckt!«

»Nein, da ist niemand«, log Kuro. »Ich lebe allei...«

Dann waren nur noch unverständliche Laute zu hören. Offenbar hatten die fremden Männer ihm einen Knebel in den Mund gesteckt. Wahrscheinlich waren sie auch schon dabei, ihn zu fesseln und die weiteren Befehle ihres Anführers auszuführen. Und das hieß, dass sie nicht nur das Haus, sondern auch den Stall durchsuchen würden.

Nori war wie gelähmt vor Angst. Er blickte zu Asa, die neben ihm stand. Ihre Sommersprossen sprangen ihm mehr ins Auge als jemals zuvor, denn ihre Wangen waren leichenblass.

Dann waren plötzlich schlurfende Schritte zu hören. Jemand lief über den mit Stroh bedeckten Boden des Stalls.

Nori schloss die Augen, aber das machte seine Angst nur noch größer. Also schaute er wieder zu Asa. Sie erwiderte seinen Blick und führte langsam den Zeigefinger zu ihren Lippen. Nori wusste, dass er keinen Ton von sich geben durfte. Aber wie sollte er bloß sein Herz dazu bringen, leiser zu schlagen? Nori kam es vor, als ob es ohrenbetäubend laut klopfte.

»Hier ist niemand«, hörte er eine Stimme von jenseits der Strohballen.

»Ja. Die Pferde sind wohl alle auf der Koppel«, antwortete eine andere Stimme. »Und Stalljungen sind auch keine da. Vielleicht lebt er ja wirklich allein, der Pferdezüchter.«

»Würde mich nicht wundern, so klein wie seine Hütte ist.«

»Mmhm. Und deshalb sollten wir zusehen, dass wir ins Haus kommen. Sonst sind die guten Plätze für ein Nachtlager schnell belegt.«

»Da hast du recht. Lass uns nur noch kurz hinter den Strohballen nachsehen.«

Nori wurde schwarz vor Augen. Seine Beine gaben nach, und er hatte das Gefühl, jeden Moment umzufallen.

»Ach, das ist doch Zeitverschwendung. Während wir uns mit den Strohballen abrackern, schnappen sich die anderen die besten Plätze. Und wir werden am Ende noch für die Nachtwache eingeteilt.«

Der zweite der Männer ließ geräuschvoll Luft entweichen.

»Hmm, na schön. Du hast ja recht. Gehen wir ins Haus.«

Die schlurfenden Schritte entfernten sich und Nori gewann langsam die Kontrolle über seine Beine zurück.

Geflüster im Dunkeln

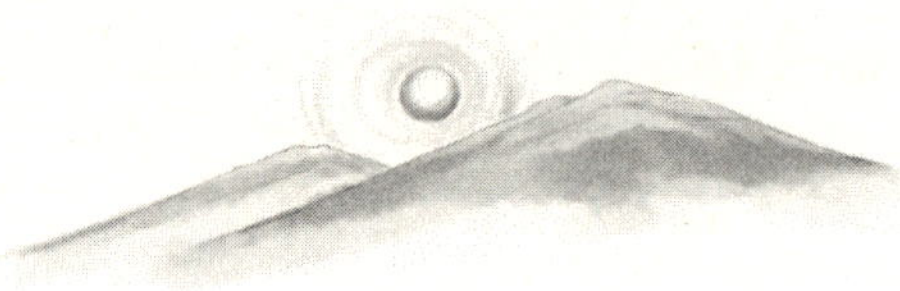

Nori wusste nicht, wie lange sie schon so dastanden. Still, regungslos, Schulter an Schulter, die Rücken an die Stallwand gepresst. Das Stroh kratzte im Gesicht und seine Beine begannen zu schmerzen. Er schämte sich für diesen Wunsch, doch er hätte nichts lieber getan, als sich hinzusetzen. Doch dafür war nicht nur zu wenig Platz, vor allem hatten sie auch ganz andere Sorgen als juckende Haut und müde werdende Glieder.

Nori warf den Kopf in den Nacken und blickte zur Decke des Stalls. Sie war nur noch schemenhaft zu erkennen. Auch Asas Sommersprossen hoben sich nun kaum noch von ihren Wangen ab. Die Dämmerung war hereingebrochen und binnen Kurzem würden sie von Dunkelheit umgeben sein.

Von den fremden Männern war allem Anschein nach keiner mehr in der Nähe. Immer wieder mal hörte Nori laute Rufe, Gelächter und das Klirren von Krügen, doch es schien aus dem Haus zu kommen.

Was er nicht hörte, war ein verräterisches Bellen: Ryu hatte

Bax anscheinend so gut erzogen, dass der keinen Ton von sich gab.

Ununterbrochen zermarterte sich Nori den Kopf, um einen Ausweg aus dieser entsetzlichen Lage zu finden. Und dann kam ihm tatsächlich eine Idee.

Sonderlich vielversprechend erschien sie ihm nicht. Aber es war immerhin eine Idee. Er musste sie unbedingt mit Asa besprechen. Eigentlich wollte er sie auch mit Ryu und Tenzo besprechen. Doch die beiden standen nicht neben ihm und er musste nun mal so leise wie möglich sein.

Nori reckte den Kopf in Asas Richtung, bis sein Mund beinahe ihr Ohr berührte. Nori hatte das Gefühl, in Anbetracht dieser ungewohnten Nähe rot anzulaufen.

»Wir müssen dem Sensei eine Nachricht schicken«, flüsterte er Asa ins Ohr. »Er wird uns und Kuro hier rausholen.« Dann zog er seinen Kopf zurück und wartete.

Asa, die einen halben Kopf kleiner war, stellte sich auf die Zehenspitzen und stützte sich mit ihrer Hand auf seiner Schulter auf, um möglichst nahe an sein Ohr zu kommen.

»Wie sollen wir das anstellen?«, hauchte sie.

Nori spürte ihren warmen Atem an seinem Ohr. Er war sich sicher, dass sein Gesicht nun eine feuerrote Farbe angenommen hatte. Doch immerhin konnte Asa das in der mittlerweile herrschenden Dunkelheit nicht sehen.

Nori ließ sich einen Moment Zeit, dann beugte er sich wieder zu Asas Ohr. »Kuro und der Sensei benutzen Brieftauben, um sich Nachrichten zu schicken. Also muss es hier auch einen Taubenschlag geben.«

Die Sekunden verstrichen, ehe Asa schließlich wieder ihre Hand auf seine Schulter legte. »Fliegen Tauben denn nach Einbruch der Dunkelheit? Und schaut der Sensei spätabends nach neuen Nachrichten? Außerdem haben wir kein Papier und kein Schreibzeug dabei, geschweige denn, dass sich einer von uns mit Brieftauben auskennen würde.«

Ihre Hand löste sich von seiner Schulter, und Nori musste sich eingestehen, dass Asa recht hatte. Er glaubte zwar, dass Tauben auch im Mondschein fliegen konnten. Aber bis der Sensei die Nachricht entdeckte, würde es vermutlich bereits zu spät sein. Und da sie nichts hatten, womit sie eine Nachricht verfassen konnten, war seine Idee ohnehin zum Scheitern verurteilt.

»Was tuschelt ihr da immer?«, wisperte Tenzo, der neben Asa stand.

Nori sah schemenhaft, wie sich Asa nun in die andere Richtung drehte. Auch Tenzo legte sie die Hand auf die Schulter und streckte sich, um nahe an sein Ohr zu gelangen. Die Vorstellung von Asas Mund auf Tenzos Ohr gefiel Nori nicht besonders.

Nun beugte sich Tenzo zu Asa herab, wenig später reckte sie sich erneut zu ihm hoch, dann war wieder Tenzo an der Reihe. So ging es in einem fort. Nori wartete und schaute zu. Und je länger er zuschaute, umso unangenehmer fühlte er sich – und umso mehr wunderte er sich über sich selbst. War er etwa eifersüchtig auf Tenzo? Offenbar.

Tenzo weihte nun den neben ihm stehenden Ryu ein. Danach beugte er sich wieder zu Asa herunter. Die nickte und wandte sich dann endlich Nori zu.

»Der Sensei kann uns nicht retten«, flüsterte sie. »Das können wir nur selbst. Aber wir haben eine Verantwortung für Kuro. Wenn wir ihm nicht helfen … Wenn wir nur an uns denken und von hier fliehen …« Sie hielt inne, und Nori wusste, warum: Der Anführer dieser Männer hatte angekündigt, Kuros Hof bei Sonnenaufgang in Brand zu stecken. Wenn er dann immer noch gefesselt war …

»Dann wird Kuro wahrscheinlich in den Flammen sterben«, flüsterte Asa und zog ihren Mund zurück.

Nori beugte sich zu ihr und fragte leise: »Wie lautet dein Plan?«

»Erst einmal warten wir, bis die Männer im Haus alle schlafen. Dann müssen wir herausfinden, ob und wo Wachen postiert sind. Und dann schleichen wir uns ins Haus, befreien Kuro und verschwinden gemeinsam von hier.« Asa machte eine Pause und Nori spürte ihren warmen Atem an seinem Ohr. »Es ist übrigens nicht nur mein Plan, sondern auch der von Tenzo. Ryu macht ebenfalls mit. Wie steht es mit dir, Nori?«

Asa wartete auf eine Antwort. Doch welche sollte er ihr geben? Es wäre viel einfacher, sich in der Dunkelheit davonzuschleichen, als ins Haus einzudringen und Kuro zu befreien. Aber es würde bedeuten, Kuro seinem Schicksal zu überlassen.

Nori atmete tief durch, dann beugte er sich zu Asa. »Ich bin dabei.«

Hin und wieder hörte Nori noch eines der Pferde schnauben, ansonsten war es still geworden auf der Koppel. Auch aus Kuros Haus drangen keine Geräusche mehr. Das Gelächter war verebbt, die Krüge klirrten nicht länger. Die Männer, die sich dort ungebeten eingenistet hatten, hatten sich offenbar zur Ruhe begeben.

Hatten sie Wachen aufgestellt? Wenn ja, dann verhielten sie sich still. Nori hörte keine schlurfenden Schritte, keine Wortfetzen und auch kein Schnarchen.

Asa berührte seinen Arm, und Nori wusste, was das bedeutete. Er atmete noch einmal tief durch, dann stemmte er sich gegen die neben ihm aufgeschichteten Strohballen. Er tat es langsam und darauf bedacht, sein Gewicht gleichmäßig zu verteilen. Er wollte unbedingt vermeiden, dass der oberste Ballen herunterfiel. Das würde zwar keinen Lärm machen, aber doch ein Geräusch. Und jedes hörbare Geräusch war eines zu viel.

Nori seufzte leise. Er hatte gerade einmal ein paar Tage in der Schule der Schatten hinter sich, und schon befand er sich in einer Situation, in der er sich keinen Fehler leisten durfte. Um seiner selbst willen, aber auch wegen Asa, Tenzo, Ryu und Kuro. Und sogar wegen Bax. Zählte man ihren vierbeinigen Begleiter mit, hingen nicht weniger als sechs Leben davon ab, dass er seine Sache gut machte.

Natürlich galt dasselbe auch für jeden seiner Mitschüler. Aber ob deren Herzen genauso schnell schlugen? Ob ihre Hände auch so feucht waren wie seine? Ob sie so sehr an sich selbst zweifelten, wie er es tat?

Die Strohballen gaben nach und glitten nahezu geräuschlos über den Boden. Als der Spalt groß genug war, schlüpfte Nori hindurch. Er drehte den Kopf und sah, dass Asa ihm folgte. Ein Teil von ihm wollte ihr den Vortritt lassen. Doch er verfügte über keinerlei Deckung mehr und musste sich schleunigst eine suchen. Schnell – und lautlos. Jetzt galt es zu zeigen, wie sehr er die Kunst der geräuschlosen Bewegung verinnerlicht hatte.

Glücklicherweise stellte der mit Stroh bedeckte Boden des Stalls keine besondere Herausforderung dar. Nori konzentrierte sich darauf, gleichmäßig zu atmen, erst die Ferse aufzusetzen und dann den Fuß langsam über die Zehen abzurollen. So schlich er in leicht geduckter Haltung übers Stroh, bis er links von dem offen stehenden Stalltor in Deckung ging. Neben ihm fanden sich Ryu und Bax ein, Asa und Tenzo verbargen sich rechts des Tores.

Vorsichtig linste Nori ins Freie, wo es weit weniger dunkel war als im Stall, denn der Vollmond stand hoch am Himmel. Sobald sich Noris Augen an die neuen Verhältnisse gewöhnt hatten, sah er genug, um sich ein Bild von der Lage zu machen.

Auf der ihnen zugewandten Seite verfügte Kuros Haus nur über ein einziges Fenster. Dahinter war es dunkel, was zweierlei bedeuten konnte: Entweder hatten die Männer kein Feuer entzündet. Oder aber das Fenster gehörte zu einem anderen Zimmer als dem, in dem sich die Feuerstelle befand.

Auch in dem kleinen, frei stehenden Anbau nördlich des Hauses war alles dunkel. Dort waren mit großer Wahrscheinlichkeit das Bad und die Toilette untergebracht – doch im Augenblick regte sich dort nichts.

Von den feindlichen Männern war nichts zu sehen. Hielten sie sich alle in Kuros Haus auf? Mit wie vielen Personen hatten sie es überhaupt zu tun? Auch das war nicht klar, denn Nori und seine Begleiter hatten ja keinen von ihnen zu Gesicht bekommen.

Sofern es sich um mehr als eine Handvoll Männer handelte, musste es in Kuros Haus ziemlich eng geworden sein. Denn das bestand nur aus ebenerdigen Räumen, ein weiteres Stockwerk gab es nicht. Kuro wohnte allein und verbrachte vermutlich ohnehin die meiste Zeit bei seinen Pferden. Doch jetzt war auch er irgendwo dort drinnen, wahrscheinlich noch immer gefesselt und geknebelt.

Nori blickte zu der Koppel. Einige Pferde dösten im Stehen, die meisten aber hatten sich hingelegt und schliefen.

Auf einmal tauchte zwischen der Nordseite von Kuros Haus und dem frei stehenden Anbau eine Gestalt auf. Nori zog hastig den Kopf zurück. Der Mann hatte ihn nicht gesehen. Oder doch?

Nori spürte Panik in sich aufsteigen. Aber dann rief er sich ins Gedächtnis, dass die Wache vom Mond beschienen wurde, während er selbst sich unter dem schützenden Dach des Stalls befand, wo es weit dunkler war. Nein, vermutlich hatte die Wache ihn nicht gesehen.

Asa spitzelte bereits wieder hinter ihrer Deckung hervor, und Nori entschied sich, dasselbe zu tun. Die Wache bog gerade um die südöstliche Hausecke und entzog sich so seinem Blick. Wo würde sie wieder auftauchen? Bewegte sie sich frei und ungezwungen oder lief sie eine feste Runde?

Nori wartete und beobachtete. Schließlich tauchte die Wache zwischen Anbau und nordöstlicher Hausecke wieder auf.

Erneut zog Nori schnell den Kopf zurück. Er wartete, bis er das Gefühl hatte, lange genug gewartet zu haben. Dann reckte er seinen Kopf langsam aus der Deckung.

Zufrieden bemerkte er, dass er die verstrichene Zeit gut eingeschätzt hatte: Die Wache war schon wieder auf dem Weg zur

Südseite des Hauses. Nori konnte gerade noch erkennen, dass sie eine Waffe trug. In ihrem Gürtel steckte ein Schwert, dessen Griff aus einer leicht gebogenen Scheide ragte: ein Katana.

Nori dachte daran, wie er mit Tenzo hinter dem Taubenschlag gekauert hatte. Sie hatten die Sekunden gezählt, die Aki für eine Runde um das Ninja-Haus gebraucht hatte, um zu wissen, wann sie ungesehen hineinhuschen konnten. Gestern Vormittag war das erst gewesen. Doch Nori kam es vor, als wäre es in einem anderen Leben passiert. Hätte Aki sie erwischt, es wäre nichts weiter geschehen, als dass der Sensei sie getadelt hätte. Erwischte sie hingegen der Mann mit dem Katana, würde der Sensei nie wieder Gelegenheit dazu haben, sie zu tadeln. Aber sie hatten keine Wahl. Keine richtige zumindest. Kuro seinem Schicksal zu überlassen, kam nicht infrage.

Also zählte Nori. Beim ersten Mal kam er auf 87 Sekunden. Beim zweiten Mal entzog sich die Wache seinem Blick für 96 Sekunden, beim dritten Mal vergingen 92 Sekunden, bis der Mann wieder auftauchte.

Nori flüsterte erst Ryu ins Ohr, was seine Zählungen ergeben hatten, dann huschten sie beide auf die andere Seite des Stalltors zu Asa. Auch sie hatte die Sekunden gezählt und war nahezu zum selben Ergebnis gekommen wie Nori. Sie hatten ihr Muster. Das Problem war nur, dass anderthalb Minuten keine lange Zeit waren.

Die Lektionen des Sensei

Kurz nachdem die Wache ein weiteres Mal hinter der Hausecke verschwunden war, nahm Asa die Sache in die Hand.

»Ryu«, zischte sie, »ich bin dafür, dass du mit Bax hierbleibst. Falls wir es nicht schnell genug ins Haus schaffen, kann er bellen und die Wache ablenken.«

»Oder sie in die Wade beißen«, raunte Tenzo.

Asa nickte. »Das zur Not auch.«

»Gut«, sagte Ryu leise. »Dann bleiben Bax und ich hier.«

»Wir anderen gehen rein, sobald die Wache uns das nächste Mal den Rücken zukehrt«, flüsterte Asa. »Nori, alles in Ordnung?« Sie warf ihm einen besorgten Blick zu.

»Ja, mir geht's gut.«

Das war zwar glatt gelogen, aber immer noch besser als die Wahrheit, fand Nori. Denn wenn er zugab, dass er sich vor Angst gleich in die Hose machte, half das niemandem.

»In Ordnung, dann auf mein Kommando«, wisperte Asa.

Diesmal blieb Nori hinter der Stallwand verborgen und überließ es Asa, nach draußen zu schauen. Es dauerte nicht lange, dann deutete sie zweimal mit der flachen Hand in Richtung Haus und huschte davon. Tenzo folgte ihr auf dem Fuß.

Nori gab sich einen Ruck und setzte sich ebenfalls in Bewegung. Er rief sich die Lektionen des Senseis in Erinnerung, doch er war zu nervös, um sie zu befolgen. Er rannte mehr, als dass er schlich. Glücklicherweise dämpften die kurzen, zertretenen Halme des Grasbodens sogar seine hastigen Schritte. Obwohl er unbedacht vorgegangen war, kam Nori als Letzter am Eingang von Kuros kleinem Häuschen an.

Wie viel Zeit war schon vergangen? Und wie viel blieb ihnen wohl noch? Nori wusste es nicht. Er war froh, dass Asa die Klinke herunterdrückte und er es nicht mit seinen zittrigen Händen machen musste.

Geräuschlos ging die Tür auf. Asa riskierte einen vorsichtigen Blick, dann drückte sie die Tür weiter auf und schlich sich hinein. Tenzo und Nori beeilten sich, ihr zu folgen. Kaum waren sie drinnen, schloss Asa schnell, aber lautlos die Tür. Allem Anschein nach hatten sie es unbemerkt ins Haus geschafft.

Finster war es hier. Der Vollmond als Lichtquelle fehlte, stattdessen drang schwaches Licht durch die offen stehende Tür zu ihrer Linken. Nach ein paar Sekunden kamen Noris Augen mit den neuen Verhältnissen zurecht, und er erkannte, dass sie in einem kleinen Vorraum standen. Bis auf Asa und Tenzo war er leer. Zu ihrer Rechten gab es eine weitere Tür, die jedoch zugezogen war. Dahinter musste sich das Zimmer mit dem Fenster befinden, durch das Nori von draußen geschaut hatte und das von keinerlei Lichtschein erhellt gewesen war.

Asa zeigte mit dem Finger, dass sie den Weg durch die linke, offen stehende Türe nehmen wollte. Nori nickte. Ihre Wahl erschien ihm vernünftig. Er hatte bereits einen Blick auf den dortigen Boden erhaschen können. Es war derselbe wie der, auf dem er gerade stand: ein einfacher Lehmboden. Das ließ darauf schließen, dass sich dort der Vorratsraum oder die Küche des Hauses befand. Und in diesen beiden Räumen würden die fremden Männer wohl kaum ihren Nachtschlaf abhalten. Aber vielleicht hatten sie ihren gefesselten und geknebelten Gastgeber dorthin verfrachtet?

Nori war dankbar, dass er nicht vorangehen musste und dass der Lehmboden die Geräusche seiner Schritte schluckte. Er betrat das Zimmer und erkannte rasch, dass er im Vorratsraum stand. Hier sah es beinahe aus wie in Jottas Haus. Es gab gestapeltes Brennholz, ein Regal mit ein paar Flaschen, sauber aufgeschichtete Säcke voller Reis und Speisefässer. Die Deckel der Fässer lagen jedoch kreuz und quer auf dem Boden – ohne Frage ein Werk der fremden Männer, die hier nach Vorräten gesucht hatten. Doch im Augenblick war niemand hier.

In gebeugter Haltung steuerte Asa auf die nächste offen stehende Tür zu. Dann jedoch duckte sie sich auf einmal noch tiefer, drehte sich zu ihnen um und ihre Lippen formten lautlos das Wort »Fenster«. Nori begriff, was das bedeutete. Sie mussten jetzt auch auf die Wache achten, die draußen ihre Runden drehte. Oder vielmehr: Sie mussten darauf achten, dass die Wache sie nicht von außen bemerkte.

Was hatte der Sensei gesagt, als er über die Kunst des Unsichtbarseins gesprochen hatte? Sie sollten sich von Fenstern fernhalten, vor allem wenn sich hinter ihnen selbst eine weitere Lichtquelle befand – ein Feuer etwa. Und ein solches brannte womöglich irgendwo in Kuros Haus.

Nori ging in die Hocke und in dieser Haltung in den nächsten Raum. Es war, wie er schon vermutet hatte, die Küche. Auch hier hatten die Männer aus Kazara wild gewütet. Doch das spielte im Augenblick keine Rolle. Wichtiger war, dass sich jetzt keiner von ihnen dort aufhielt.

Auch von Kuro war nichts zu sehen. Nori begriff, dass sich seine Hoffnung nicht erfüllen würde: Die Eindringlinge hatten ihren Gastgeber nicht außerhalb ihres Blickfeldes untergebracht. Stattdessen musste Kuro wohl dort sein, wo auch sie sich befanden. Und das würde seine Befreiung nicht einfacher machen.

Von der Küche ging eine weitere Tür ab, die sehr wahrscheinlich zum Wohn- und Essraum des Hauses führte. Es handelte sich um eine Schiebetür aus durchscheinendem Papier, die zugezogen war. Licht ließ sie jedoch auch so reichlich durch. Wäre dort jemand gestanden, hätten sie zweifellos einen Schatten gesehen. Auch Geräusche hielt das dünne Papier nicht ab. Nori hörte deutlich, wie nebenan jemand schnarchte. Und es war nicht nur eine Person – das Schnarchen kam aus mehreren Kehlen.

Tief geduckt ging Asa links neben der Tür in Stellung. Tenzo begab sich nach rechts, Nori blieb im Schutz der hölzernen Spüle. Dann schob Asa langsam die Tür auf. Nori konnte ein wenig von dem sehen, was sie auf der anderen Seite erwartete.

Er sah Kuro, der an Händen und Füßen gefesselt auf dem Boden lag. Er sah ein Feuer, das etwa zur Hälfte heruntergebrannt war. Und er sah Männer, die auf den Strohmatten lagen und schliefen.

Asa, die näher dran war und mehr erkennen konnte, drehte sich zu ihm um und hob neun Finger hoch. Neun Finger für neun Männer. Mehr, als Nori erwartet hatte.

Mit einer Handbewegung bedeutete Asa ihm, zu ihr und Tenzo zu kommen. Obwohl seine Knie vor Angst schlotterten, gehorchte Nori. Und dann sah er mit eigenen Augen die neun Männer, die sich um die Feuerstelle geschart hatten und dicht an dicht auf dem Boden lagen. Auch sie besaßen Katanas. Um bequemer schlafen zu können, hatten sie ihre Schwertscheiden jedoch abgeschnallt und neben sich gelegt. Ein paar Männer hatten ihre Jacken zusammengerollt und als Kissen unter ihre Köpfe geschoben. Andere lagen direkt auf den Strohmatten. Einer der lautstarken Schnarcher schlief sogar mitten in einer großen, goldgelben Pfütze. Es war nicht die einzige. Überall standen Krüge, leere oder halb volle Flaschen herum, einige waren auch umgefallen, und ihr goldgelber Inhalt hatte sich auf den Boden ergossen. Die Eindringlinge hatten Kuros Reiswein-Vorräte geplündert und ein regelrechtes Gelage veranstaltet.

Nori und seinen Begleitern konnte das nur recht sein. Betrunkene waren unaufmerksam und unaufmerksame Wachen spielten jedem Ninja in die Karten. Andererseits waren Betrunkene unberechenbar. So tief ihr Schlaf sein konnte, so unruhig war er womöglich auch.

Just in diesem Moment hustete der Mann, der in der Pfütze lag. Er wälzte sich herum und schien weiterzuschlafen, doch dann richtete er sich auf einmal auf. Wie von der Tarantel gestochen, fuhr Nori zurück. Auch Asa und Tenzo flüchteten hastig in die Küche.

Im Raum nebenan fluchte einer der Männer. Vermutlich der, der gehustet hatte. Dann knarzte der Holzboden unter den Strohmatten und Nori vernahm das Geräusch von umfallenden Flaschen. Der Mann war aufgestanden und bewegte sich durch den Raum. Wenn er nun in die Küche kam und sie erblickte, waren sie erledigt!

Asa schaltete am schnellsten und verbarg sich hinter dem Brotbackofen, Tenzo kauerte sich neben den frei stehenden Herd. Doch wohin sollte Nori sich wenden? Ein weiteres brauchbares Versteck gab es in der kleinen Küche nicht. Er entschied sich, in den Vorratsraum zu fliehen. Schnellen Schrittes durchmaß er das Zimmer und duckte sich hinter eines der Speisefässer. Eine auf dem Boden liegende Nuss bohrte sich unangenehm in seine Kniescheibe.

Es dauerte nicht lange, da näherten sich schlurfende Schritte. Noris Herz klopfte wie verrückt. Er wagte es nicht, hinter dem Fass hervorzuspähen. Jemand trat krachend auf einen herumliegenden Deckel.

Auf einmal spürte Nori eine Erschütterung, und das Fass, hinter dem er sich verbarg, schlug gegen seinen Kopf. Nori wollte schreien, doch er bekam keinen Ton heraus. Zu seinem Erstaunen wurde er nicht am Kragen gepackt und hochgerissen. Und er bekam auch keinen Schlag auf den Schädel oder einen Tritt gegen die Brust. Stattdessen hörte Nori nur einen weiteren Fluch. Dann entfernten sich die schlurfenden Schritte.

Der Mann hatte ihn gar nicht wahrgenommen. Er war offenbar nur aus Versehen gegen sein Fass gestoßen. Vermutlich hatte er dem Reiswein so kräftig zugesprochen, dass er nur noch wanken konnte.

Nori fing wieder an zu atmen.

Kurz darauf hörte er ein Geräusch, das klang, als ob jemand

schwungvoll eine Tür aufriss. Und dann vernahm er eine ihm unbekannte Stimme.

»Ah, endlich kommt meine Ablösung!«

»Ha! Hier kommt nur jemand, der dringend pissen muss!«

»Hast zu viel gebechert, was!?«, meldete sich die andere Stimme wieder. Sie musste der Wache gehören, die ihre Runden ums Haus drehte.

»Auf keinen Fall!«, empörte sich der Mann, der in der Reisweinlache geschlafen hatte. Es hörte sich an, als ob er sich gerade aufs Gras erleichterte. »Na gut, ich geb's zu. Aber das Zeug von diesem Pferdezüchter ist echt gut! Du solltest dir auch was genehmigen!«

»Hmm, vielleicht sollte ich das wirklich«, erwiderte die Wache nachdenklich.

»Komm mit rein«, lallte der Betrunkene, »im Vorratsraum stehen noch ein paar Flaschen!«

Nori spürte Panik in sich aufsteigen. Jeden Moment konnten zwei feindliche Männer bei ihm auftauchen. Er musste sich schnellstens ein neues Versteck suchen! Bloß wo? Er ertastete die Nuss unter seiner Kniescheibe. Vielleicht konnte er die zwei Männer ja ablenken und sich so Zeit verschaffen.

Sensei Okuse hatte ihnen von dem Trick mit den Kieselsteinen erzählt. Ninja warfen sie manchmal an Wachen vorbei, damit die von dem Geräusch des Aufpralls aufgeschreckt wurden und in eine andere Richtung schauten.

Nori schloss die Finger um die Nuss, die diesen Zweck genauso gut wie ein Kieselstein erfüllen würde. Aber dann erinnerte er sich der weiteren Worte seines Lehrmeisters und öffnete die Finger wieder. Dieser Trick funktioniert nur bei unaufmerksamen, dummen oder betrunkenen Wachen, hatte der Sensei gesagt.

Einer der beiden Männer, mit denen er es hier zu tun hatte, war zweifelsfrei betrunken. Der andere aber war noch nüchtern und machte weder einen dummen noch einen besonders unaufmerksamen Eindruck. Nori ließ die Nuss los und hörte, wie die zwei Männer lachten.

»Gut, ich komme einen Moment mit rein«, sagte die Wache. »Aber sei bloß leise. Wenn Mardok aufwacht, kriegen wir beide Ärger.«

Nori huschte hinter dem Vorratsfass hervor. Der Sensei hatte noch etwas Wichtiges zu ihnen gesagt – und das musste er nun befolgen. Nun brachte ihn nur entschlossenes, schnelles Handeln weiter.

Nori floh hastig in die Küche, wissend, dass auch dort kein Platz für ihn war. Denn dort gab es nur zwei brauchbare Verstecke und die waren schon besetzt. Er musste weiter. Ohne Asas oder Tenzos Blick zu suchen, schlich er durch die offene Schiebetür in den Wohn- und Aufenthaltsraum. Zu seiner Linken bemerkte er ein weiteres Fenster. Anders als das in der Küche, begann dieses hier schon auf niedriger Höhe. Da sich die Wache im Augenblick aber im Haus aufhielt, huschte Nori einfach vorbei.

Doch nun versperrten ihm die schlafenden Männer und die überall herumstehenden oder herumliegenden Flaschen und Krüge den Weg. Nori wagte es nicht, über die Männer hinwegzusteigen, aus Angst, dass sich einer von ihnen plötzlich umdrehen würde. Außerdem lagen die Schlafenden dicht beieinander. Von der Wand aber hielten sich die meisten von ihnen fern. Nori begriff, dass er eine weitere Lektion des Senseis anwenden und seitwärts wie eine Krabbe gehen musste.

Er drückte den Rücken gegen die Wand und tat das, was er unter dem weit vorhängenden Dach des Ninja-Hauses geübt hatte. Er richtete die Hüften seitlich aus und bewegte sich gleitend und gleichmäßig voran.

Währenddessen drangen aus dem Vorratsraum leise Wortfetzen an sein Ohr. Der Betrunkene und die Wache unterhielten sich also noch. Doch lange konnte Nori darauf nicht mehr bauen. Er musste Deckung finden, ehe der Betrunkene in den Wohnraum zurückkehrte. Nur leider gab es im Wohnraum kein Versteck. Der niedrige Tisch und die Feuerstelle, an der Nori jetzt seitlich entlangschlich, boten keinen Schutz.

Ihm blieb keine andere Möglichkeit als die weitere Flucht nach vorne. Er musste das Zimmer nebenan erreichen, das er als einziges noch nicht kannte. Das mutmaßliche Schlafzimmer, dessen Tür zum Vorraum des Hauses geschlossen gewesen war.

Nori umrundete die Feuerstelle. Sein Puls raste, denn jetzt musste er über einen der Schlafenden hinwegsteigen, der sich seitlich an die Wand gerollt hatte. Nori zwang sich gleichmäßig zu atmen. Er hob den Fuß über den Kopf des Mannes und wollte ihn vorsichtig auf der anderen Seite wieder absenken, als ihm im letzten Moment auffiel, dass dort Nussschalen lagen.

Nori erinnerte sich daran, wie er in der Schule der Schatten geübt hatte, wie ein Kranich durch die Wildnis zu gehen. Doch anders als dort, lagen hier keine frischen Gingkoblätter auf dem Boden, sondern trockene Nussschalen, die jederzeit krachend zersplittern und ihn verraten konnten.

Vorsichtig senkte er zuerst die Fußspitze und dann den Ballen auf die Schalen. Er verlagerte sein Gewicht und hob den hinteren Fuß, bis er sich über der Stelle befand, wo er ihn wieder absenken wollte. Wie ein Kranich kam er sich dabei nicht vor und geräuschlos war sein Gang auch nicht. Die Schalen knackten, doch zumindest nicht so laut, dass es einen der acht Männer aus dem Schlaf gerissen hätte.

Dem auf dem Boden liegenden Kuro war das Geräusch jedoch nicht entgangen. Ruckartig drehte er den Kopf und blickte zu ihm auf. Nori legte einen Finger auf seine Lippen. Doch dann bemerkte er den Knebel in Kuros Mund, und ihm fiel auf, wie unnötig seine Geste war.

Kuros Kopf zuckte in Richtung des mutmaßlichen Schlafzimmers. Nori war sich nicht sicher, ob er ihn damit ermuntern oder davon abhalten wollte, sich dorthin zu begeben. Aber ihm blieb keine Zeit, darüber nachzudenken. Denn irgendwo im Haus war ein lautes Geräusch zu hören. Der Betrunkene wankte offenbar zu seinem Schlafplatz zurück. Schnell schlich Nori über die Strohmatten, bis er vor der Tür zum Nebenraum stand. Mit zitternden Fingern drückte er die Klinke nach unten.

KUROS HAUS

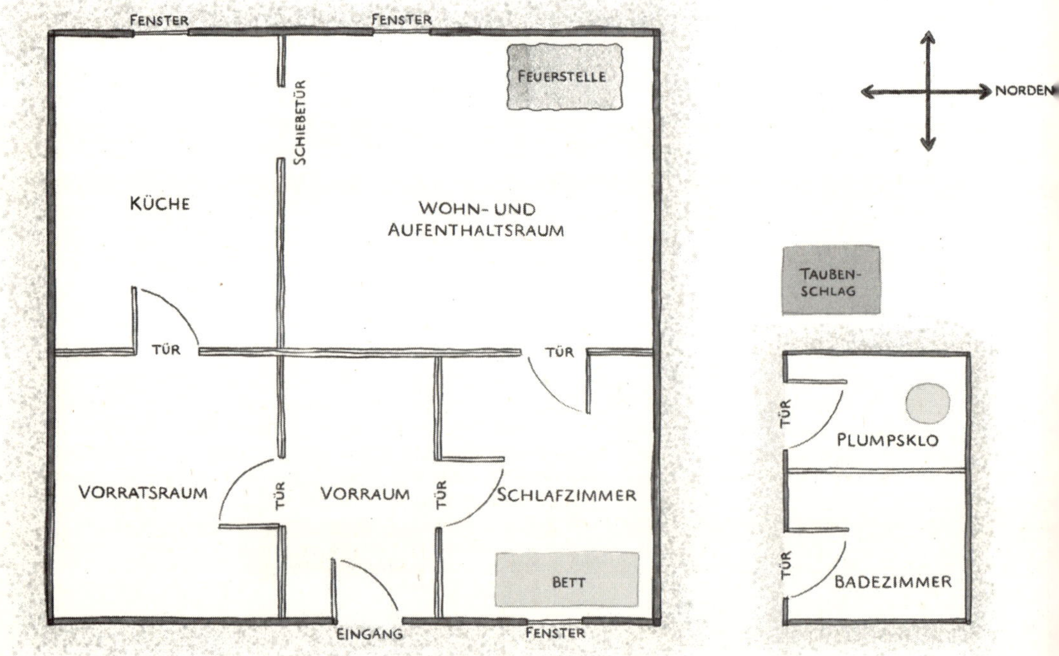

Der schlafende Mann

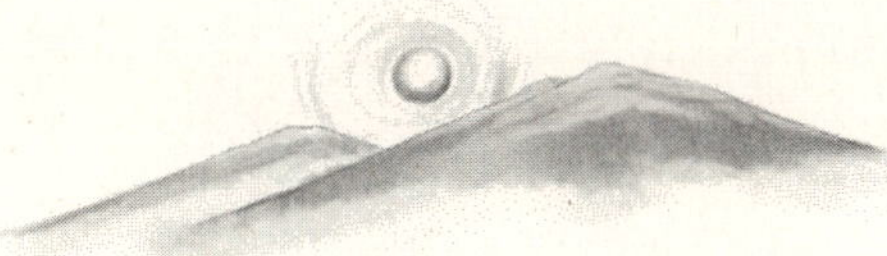

Die Tür öffnete sich nahezu geräuschlos. Nori bewegte sich auf leisen Sohlen hindurch und nahm sich fest vor, Kuro zu danken. Dafür, dass er seine Türen so gut in Schuss hielt und sie weder quietschten noch knarzten. Doch zuerst mussten sie lebend aus dieser Situation herauskommen.

Leise zog Nori die Tür hinter sich zu und sah sich um. Das durchs Fenster fallende Licht des Vollmonds erhellte den Raum gerade genug, um erkennen zu können, dass es sich tatsächlich um Kuros Schlafzimmer handelte. Die einzigen Möbel, die es hier gab, waren ein Schrank und ein Bett – in dem ein Mann lag. Ein Mann, der ihm den Rücken zuwandte und unruhig atmete.

Nori lief ein kalter Schauer über den Rücken. Das hier musste der Anführer dieser Kerle sein. Mardok, wie die Wache ihn genannt hatte, der Mann mit der samtigen, aber leicht heiseren Stimme. Wer sonst würde das einzige Bett im Haus beanspruchen?

Von dem Mann war nicht viel zu sehen – außer seinen Haaren und den breiten Schultern, von denen die Decke ein Stück weit nach unten gerutscht war. Doch das genügte Nori, um sich unbehaglich zu fühlen.

Von nebenan war ein leises Fluchen zu hören, dann knarrte der Holzboden unter den Strohmatten. Offenbar hatte sich der Betrunkene wieder zur Ruhe gelegt.

Nori machte sich so klein wie möglich. Wenn der Betrunkene zurück im Wohnraum war, setzte die Wache vermutlich mittlerweile ihre Kontrollgänge ums Haus fort. Und auch wenn sie dabei jetzt von einer Flasche Reiswein abgelenkt wurde, konnte sie doch jederzeit durchs Schlafzimmerfenster schauen und ihn entdecken.

Noris Blick fiel auf das Katana-Schwert, das neben dem Bett auf dem Boden lag. Vorsichtig ließ er die Finger über den Griff gleiten. Als sie auf der Schwertscheide angelangten, spürte er fein gearbeitete Vertiefungen. Dort war etwas eingraviert. Von Neugier getrieben, hob Nori das Katana hoch. Es war leichter, als er erwartet hatte. Er widerstand der Versuchung, das Schwert aus der Scheide zu ziehen, und führte es stattdessen näher an die Augen. Er drehte die Scheide ein wenig, damit sie vom Vollmondschein, der durchs Fenster drang, erhellt wurde. Die Gravur zeigte einen Schwarzbären, der eine Krone auf dem Haupt trug – ein Motiv, das Nori nicht zum ersten Mal sah. Erst vor ein paar Tagen hatte es der Sensei mit seinem Bambusstock in den Sand gezeichnet. Es war das Wappen von Kazara.

Nori stutzte. Sie alle hatten vermutet, dass diese Männer aus dem Nachbarreich stammten. Bisher war er jedoch davon ausgegangen, dass es sich bei den Eindringlingen um Banditen handelte. Um gefährliche, aber gewöhnliche Verbrecher. Aber trugen einfache Verbrecher das Wappen von Kazara an ihrer Schwertscheide? Wenn es sich dabei um erbeutetes Diebesgut handelte, dann vielleicht. Doch wenn dem nicht so war, gab es nur eine Schlussfolgerung: Diese Männer waren Soldaten.

Der Mann im Bett stöhnte auf und drehte sich dann plötzlich auf die andere Seite. Nori wurde gleichzeitig heiß und kalt. Wie gebannt starrte er auf den Mann, der ihm nun sein Gesicht zuwandte. Aber der Mann im Bett war gar nicht wach. Er schlief weiter, atmete jedoch sehr unruhig. Irgendetwas trieb ihn im Schlaf um.

Nori bemerkte die große Narbe auf seiner linken Wange. Sie reichte beinahe vom Auge bis zum Mund.

Der Mann stöhnte abermals auf. Noris Finger verkrampften sich um den Schwertgriff, doch auch diesmal blieben die Augen des Mannes geschlossen. Dafür öffneten sich seine Lippen einen Spalt weit und heraus kam ein einziges, grimmig hervorgepresstes Wort.

»Okuse.«

Nori erschrak fürchterlich. Er legte das Schwert des Mannes weg und machte sich hastig am Türgriff zu schaffen. Seine Finger taten nicht das, was sie sollten, aber schließlich ging die Tür auf, und Nori huschte hindurch. Keine Sekunde länger konnte er in Kuros Schlafzimmer ausharren. Er wollte nur weg. Weg von diesem unheimlichen Mann, der im Schlaf den Namen seines Lehrmeisters nannte.

Nori war mit den Nerven am Ende. Erst als er sich schon mitten im Wohnraum befand, wurde ihm bewusst, dass er eben alle Lektionen des Senseis außer Acht gelassen hatte. Er hatte sich kein Bild von der Lage im Wohnraum gemacht. Er hatte sich nicht vergewissert, dass der Betrunkene wieder eingeschlafen war. Er hatte nicht darauf geachtet, ob er durch die Fenster von außen sichtbar war. Und er hatte noch nicht einmal die Tür zum Schlafzimmer zugezogen. Zumindest Letzteres konnte er noch tun. Ohne einen weiteren Blick auf den im Bett liegenden Mann zu werfen, schloss Nori die Tür.

Erleichtert bemerkte er, dass der Betrunkene wieder schlief. Sein Brustkorb hob und senkte sich gleichmäßig und aus seinem offen stehenden Mund drangen röchelnde Schnarchlaute.

Unweit von ihm lag Kuro noch immer reglos auf dem Boden, die Hand- und Fußgelenke eng zusammengeschnürt.

Nori legte sich bäuchlings hin und fing an, in Richtung Kuro zu kriechen. In Anbetracht des beinahe bodentiefen Fensters im Wohnraum wollte er sein Glück nicht unnötig herausfordern.

Er versuchte, sich schlängelnd und in rhythmischem Wechsel vorwärtszubewegen, genau wie es der Salamander im Gras getan hatte.

Auch diesmal hatte Nori nicht das Gefühl, wie ein Salamander auszusehen. Aber er kam vom Fleck, und die Geräusche, die er verursachte, waren weit weniger laut als das Schnarchen der Männer. Und noch eine gute Nachricht gab es: Von der anderen Seite näherten sich Asa und Tenzo. Auch seine Mitschüler hatten sich flach auf den Boden gelegt, um nicht gesehen zu werden. Und auch sie krochen wie Salamander auf Kuro zu oder versuchten es jedenfalls.

Ihr Anblick gab Nori neue Kraft. Beinahe gleichzeitig erreichten sie Kuro. Asa nickte anerkennend, dann machte sie sich an den Fesseln um Kuros Handgelenke zu schaffen. Nori versuchte es an Kuros Knöcheln, doch schon wenig später gab er auf. Die Knoten waren so fest zugezogen, dass sie sich kein bisschen lockern ließen.

Asa schüttelte den Kopf. Sie kam an Kuros Handgelenken ebenfalls kein bisschen voran. Doch Tenzo hob den Finger und bedeutete ihnen zu warten. Er robbte zu dem schlafenden Mann, der ihnen am nächsten war, griff sich das auf dem Boden liegende Katana und kehrte kriechend zu ihnen zurück. Seine

Augen glänzten, als er das Schwert aus der Scheide zog. Während Tenzo ehrfürchtig die Klinge betrachtete, verharrten Noris Augen auf der Scheide. Auch in sie war das Bild eines Schwarzbären mit einer Krone auf dem Haupt eingraviert.

Tenzo führte die Klinge vorsichtig zwischen Kuros gefesselte Handgelenke und durchtrennte in Windeseile die Stricke. Dasselbe tat er an Kuros Knöcheln. Offensichtlich hielt er nicht zum ersten Mal ein Katana in der Hand.

Kuro rieb sich die wunden Handgelenke und bewegte vorsichtig die Beine, während Asa den Knebel aus seinem Mund nahm. Er sah ihnen in die Augen, dann formten seine trockenen Lippen lautlos ein Wort: »Ryu?«

Asa zeigte mit dem Finger nach draußen und Kuro nickte erleichtert. Dann ahmte er mit den Armen eine kriechende Bewegung nach und deutete in Richtung Schlafzimmer. Offensichtlich wollte er den direkten Weg nach draußen nehmen.

Nori verstand das. Aber der direkte Weg würde ihn abermals dicht an dem Mann in Kuros Bett vorbeiführen. Und diese Vorstellung ängstigte ihn ungemein.

Asa und Tenzo, die nicht wissen konnten, wer sich dort befand, krochen bereits in Richtung Schlafzimmer. Nori atmete tief durch und folgte ihnen.

Kuro kam nur schleppend voran. Seine wunden Hand- und Fußgelenke mussten ihm ziemliche Schmerzen bereiten. Und auch der Rest seines Körpers war durch das lange Liegen in der immer gleichen Position vermutlich gehörig eingerostet. Es dauerte eine ganze Weile, bis er bei der Schlafzimmertür angelangt war, und lautlos ging es auch nicht gerade ab.

Asa drehte den Kopf und warf einen schnellen Blick in Richtung Fenster, dann ging sie in die Hocke und legte ihre Hand auf die Türklinke. Nori schoss nach oben und packte sie an der Schulter.

Asa schaute ihn fragend an, und Nori formte lautlos die Worte: »Mann im Bett – Gefahr.«

Asa nickte, dann drückte sie die Klinke herunter. Sie kroch ins Schlafzimmer, aber als sie neben dem im Bett liegenden Mann angelangt war, hielt sie inne und beobachtete ihn. Der Mann hatte ihnen noch immer das Gesicht zugedreht und die Augen geschlossen. Doch sein Atem war weiterhin unruhig – offenbar war er noch immer in wilden Träumen gefangen.

Asa robbte jetzt in Richtung Tür, die das Schlafzimmer mit dem Vorraum verband. Doch ihre Bewegungen wirkten unrund. Auch sie machte der Mann im Bett sichtlich nervös.

Nori drehte den Kopf, um die Männer im Wohnraum im Auge zu behalten. Doch das war natürlich nur ein vorgeschobener Grund. In Wahrheit wollte er nur nicht länger in das Gesicht des Mannes mit der Narbe blicken. Dabei war es nicht die Narbe, die ihn schreckte. Dieser Mann hätte ihrer nicht bedurft, um furchterregend zu wirken. Selbst im Schlaf strahlte er noch Gefahr aus. Todbringende Gefahr.

Aus dem Augenwinkel bemerkte Nori, dass sich zwischenzeitlich auch Tenzo und Kuro in Bewegung gesetzt hatten. Er rechnete damit, jeden Moment ein unheilvolles Geräusch zu hören. Einen entsetzten Aufschrei. Oder schlimmer: die samtige Stimme des Mannes im Bett. Doch es blieb still, mit Ausnahme der Geräusche, die Kuro beim Kriechen machte.

Irgendwann war von Tenzo nichts mehr zu sehen und auch Kuro war bereits zur Hälfte im Vorraum verschwunden. Nun musste nur noch Nori selbst durchs Schlafzimmer. Er zwang sich, nicht die Luft anzuhalten, sondern ruhig und gleichmäßig weiterzuatmen. Er verbannte das Bild des Mannes mit der Narbe aus seinem Kopf, verdrängte, was er im Schlaf gesagt hatte, und kroch.

Er kroch und betete, dass der Mann nicht aufwachte. Er war schon am Bett vorbei, als ihm siedend heiß einfiel, dass er die Tür zum Wohnraum nicht geschlossen hatte. Wenn die Wache auf ihrem Kontrollgang durchs Fenster des Schlafzimmers blickte, würde ihr nicht entgehen, dass es durch den Schein des Feuers dort nun deutlich heller war. Würde sie das stutzig machen?

Nori rang mit sich, ob er noch einmal zurückkehren sollte, um die Tür zum Wohnraum zu schließen. Er hatte sich gerade dafür entschieden, als Asa in der Tür zum Vorraum auftauchte. Nori wollte ihr begreiflich machen, dass er noch einmal zurückmusste. Doch Asa schüttelte energisch den Kopf und bedeutete ihm mit einem Winken, zu ihr zu kommen. Nori hatte keine Ahnung, warum sie das tat. Aber er war froh darüber, unendlich froh.

Er kroch zu ihr in den Vorraum und erhob sich langsam. Asa schloss die Tür zum Schlafzimmer und Nori fiel ein gewaltiger Stein vom Herzen.

Das Ende der Herde

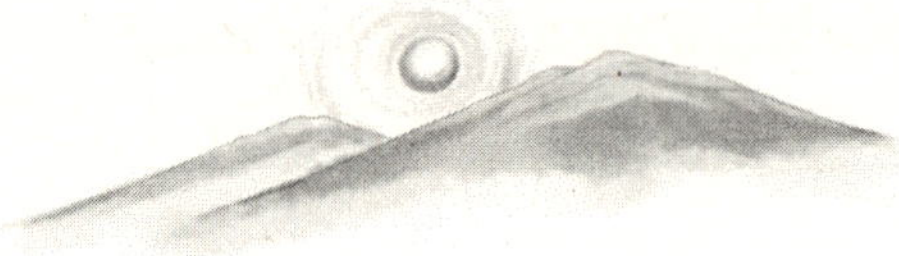

Nori schaute sich um und erkannte, dass nicht nur Asa, sondern auch die anderen da waren. Tenzo, Kuro und sogar Ryu und Bax. Ryu bemerkte seinen fragenden Blick, faltete die Hände und hob sie unter seinen schräg geneigten Kopf. Und auf einmal begriff Nori, was Ryu und Bax hier machten, weshalb die Haustüre offen stand und wieso Asa ihn davon abgehalten hatte, zurückzukriechen. Die Wache musste eingeschlafen sein! Draußen war niemand mehr, der vielleicht durchs Fenster schaute und Veränderungen wahrnahm. Gepriesen sei Kuros Reiswein, dachte Nori. Der hochprozentige Alkohol hatte sicher einen gehörigen Teil dazu beigetragen, den Wachposten schläfrig zu machen.

Ryu huschte aus dem Haus und bedeutete ihnen, ihm zu folgen. Auf leisen Sohlen bewegten sie sich zum Stall, wo sie sich hinter der schützenden Wand ins Stroh sinken ließen.

»Wo genau ist die Wache?«, flüsterte Asa.

»Südlich des Hauses«, zischte Ryu. »Ihr könnt sie hören, wenn ihr leise seid.«

Nori brauchte einen Moment, aber dann vernahm er tatsächlich ein fernes Schnarchen.

»Verschwinden wir von hier«, raunte Asa.

»Nicht so schnell«, meldete sich Kuro zu Wort. »Diese Männer ... Sie sind Soldaten. Soldaten aus Kazara.«

Nori erzählte den anderen im Flüsterton von der Gravur auf den Schwertscheiden.

Kuro nickte. »Sie sind wegen eines geheimen Auftrags nach Isantaj gekommen. Ich weiß nicht, wie er lautet, aber es muss etwas sehr Wichtiges sein. So viel habe ich mitbekommen.«

»Aber was sollen wir tun? Wir sind keine Samurai und noch nicht einmal richtige Schatten.« Asa schüttelte den Kopf. »Wir können es nicht mit Soldaten aufnehmen.«

»Nein, aber vielleicht können wir dafür sorgen, dass sie ihren geheimen Auftrag nicht in die Tat umsetzen können.« Kuro blickte ihnen reihum in die Augen. »Vielleicht können wir dafür sorgen, dass sie unverrichteter Dinge nach Kazara zurückkehren müssen.«

»Und wie sollen wir das anstellen?«, raunte Tenzo.

»Wir nehmen die Pferde mit.« Kuro machte eine Pause. »Meine ... und auch die dieser Männer.«

»Wir sollen die Pferde aus der Koppel lassen?«, flüsterte Asa. »Aber das wird nicht lautlos abgehen.«

»Nein, wird es nicht«, bestätigte Kuro. »Und deshalb müsst ihr auch schon auf den Pferden sitzen, wenn ich die Tiere aus der Koppel treibe.«

»Aber ich kann nicht reiten«, wandte Nori ein.

»Ich auch nicht«, sagte Ryu.

»Deshalb reitet ihr gemeinsam mit Asa und Tenzo auf deren Pferden.« Kuro erhob sich. »Nori, wärst du so gut und scheuchst die Tauben aus dem Taubenschlag? Er befindet sich nördlich des Hauses.« Kuro lächelte traurig. »Ich möchte nicht, dass diese Männer ihnen etwas tun.«

Dann wandte er sich den anderen zu. »Ihr kommt mit mir. Ich treibe die Herde zusammen und ihr sattelt solange eure Pferde.«

Kuro griff nach den an der Wand befestigten Sätteln und Nori schlich zur Nordseite des Hauses. Der Taubenschlag befand sich neben dem Anbau mit dem Bad und dem Plumpsklo.

Nori warf einen Blick durch das Flugloch ins Innere des Taubenschlags. Zwei Tauben saßen mit eingezogenen Köpfen da, die Schnäbel im Gefieder vergraben. Nori öffnete die Klappe des Taubenschlags und langte nach den Vögeln. Sofort richteten sie sich zu voller Größe auf und kurz darauf verließen sie ihr Zuhause mürrisch gurrend durch das Flugloch.

Sie fliegen also tatsächlich im Mondschein, dachte Nori. Zumindest, wenn man sie aus ihrem Zuhause scheucht.

Er verriegelte den Schlag, damit die Tauben nicht wieder hineinkonnten. Sie mussten sich ein neues Zuhause suchen. Eines, das nicht in Flammen aufgehen würde. Denn egal ob ihm, seinen Mitschülern und Kuro die Flucht gelang – der Hof würde brennen, daran hatte Nori keinen Zweifel. Doch damit mussten sie und vor allem Kuro leben. Sie konnten nicht mehr tun, als die Tiere zu retten. Und sich selbst.

Nori schlich zur Koppel, deren Gatter bereits offen stand. Die Pferde befanden sich alle noch darin, waren aber schon auf den Beinen. Kuro trieb sie nahezu geräuschlos zusammen. Einige Pferde wieherten aber doch, und Nori hoffte inständig, dass die Männer im Haus nichts davon mitbekamen. Die eingeschlafene Wache tat es jedenfalls nicht. Nori sah sie mit dem Rücken an der Hauswand lehnen. Neben ihr lag eine Flasche im Gras.

Tenzo saß bereits auf seinem gesattelten Braunen, und Ryu schickte sich an, hinter ihm aufzusteigen. Asa befand sich am Ende der Herde. Am Zügel hielt sie den Araberfuchs, den Kuro für sie ausgewählt hatte.

Als sie Nori erblickte, schwang sie sich mühelos in den Sattel. Sie deutete auf den Steigbügel und streckte ihm die Hand hin. Nori ergriff sie und stieg mit einem Fuß in den Bügel. Das andere Bein schwang er über den Rücken des Pferdes, weit weniger elegant als Asa, aber er saß im Sattel, und das allein zählte.

»Da ist dein Lichtfuchs, Nori.« Asa zeigte auf das Pferd, dessen helle Mähne und Schweif sich auch im Mondschein deutlich von seinem dunklen Fell abhoben. Wenn alles gut ging, würde Nori es bald reiten können. Er beobachtete das ihm zugedachte Pferd eine Weile, dann fiel sein Blick auf Kuro, der Tenzo Anweisungen zu geben schien. Tenzo nickte und ließ seinen Braunen an die Spitze der Herde traben.

»Das da vorne«, wisperte Asa, »sind alles die Pferde der Soldaten. Kuro sagt, sie können es mit seinen nicht aufnehmen.«

»Und warum hat er sie dann nach vorne beordert?«, raunte Nori.

»Das Ende der Herde muss von schnellen Pferden gebildet werden.« Asa zögerte, aber dann sprach sie doch weiter. »Pferde, die schneller sind als rennende Soldaten.«

Nori wollte gerade nachfragen, wie sie das meinte, als Tenzo seinem Braunen die Sporen gab. Lautstark galoppierten er und Ryu davon.

Bax rannte nebenher, und auch die Pferde vorne in der Herde setzten sich unverzüglich in Bewegung, angestachelt von Kuros Klapsen und Rufen. Mit einem Mal war Nori klar, was Asa gemeint hatte.

Die halbe Nacht waren sie auf Zehenspitzen geschlichen und hatten kaum gewagt, zu flüstern. Und nun brach ein Höllenlärm los. Ein Höllenlärm, der selbst betrunkene und müde Männer aus dem Schlaf reißen würde.

»Hia! Hia!«, schrie Kuro immer wieder, während er von Pferd zu Pferd eilte und sie aus der Koppel scheuchte.

Aus dem Augenwinkel sah Nori, wie der als Wache eingeteilte Soldat sich torkelnd erhob.

»Wir müssen verschwinden!«, rief er panisch.

Asa schüttelte den Kopf. »Nein. Wir bilden das Ende der Herde.«

»Was?«, entfuhr es Nori. »Wir müssen schauen, dass wir wegkommen!«

Doch Asa schüttelte abermals den Kopf. Nori konnte es nicht glauben. Sein Blick ging zu Kuro, der leichtfüßig zwischen den verbliebenen Pferden herumwirbelte. Nichts erinnerte mehr an die schwerfälligen Bewegungen, mit denen er über den Boden seines Hauses gekrochen war. Nun war er in seinem Element. Er schien dabei nur zu vergessen, dass er auch sich selbst retten musste. Und für Asa galt dasselbe.

»Asa!«, rief Nori. »Tu was! Wir müssen hier weg!«

»Wir warten noch«, sagte Asa mit bebender Stimme.

Nori wurde verrückt vor Angst. Er schaute zum Haus, wo sich die Wache verwundert die Augen rieb. Sie hatten Glück, unendliches Glück, dass der Mann so lange brauchte, um zu begreifen, dass er nicht träumte. Doch in diesem Moment flog die Tür von Kuros Haus auf, und heraus stürmte der Mann, den Nori am meisten fürchtete.

Und dieser Mann war sofort hellwach. Mit einem einzigen Blick erfasste er, was vor sich ging. Er rief nicht nach Verstärkung und wartete auch nicht auf seine betrunkenen Soldaten. Er beschleunigte aus dem Stand heraus und rannte direkt auf die Koppel zu.

Nori blickte zu Kuro, der sich nun endlich auf eines der verbliebenen Pferde schwang. Und endlich trieb auch Asa ihren Araberfuchs an. Er brauchte nur ein paar Schritte, um Tempo aufzunehmen. Aber auch der Mann mit der Narbe war ungemein schnell. Er zog sein Katana aus der Scheide und sprang im vollen Lauf über den Zaun der Koppel. Lediglich ein paar Stablängen trennten ihn noch vom Ende der Herde. Nori fürchtete das Schlimmste, doch dann zeigten Kuros Pferde, was in ihnen steckte. Während der Anführer der Soldaten seine Höchstgeschwindigkeit erreicht hatte, konnten die Tiere noch an Tempo zulegen. Und obwohl auf Asas Araberfuchs das Gewicht von zwei Personen lastete, stand er den anderen Pferden in nichts nach. Im Gegenteil. Er flog geradezu über das Gras und trug sie in Windeseile aus der Koppel. Nori drehte den Kopf und sah, wie ihr Verfolger mehr und mehr an Boden verlor. Endlich kamen auch dessen Männer aus dem Haus, manche von ihnen mehr wankend als rennend. Doch es war ohnehin zu spät. Kuros Pferde waren zu schnell.

Und nun sah es auch der Mann mit der Narbe ein. Er blieb stehen und blickte ihnen grimmig nach. Obwohl seine Beine kräftig waren, waren sie doch nicht kräftig genug. Er hatte keine andere Wahl, als die Verfolgung aufzugeben, denn ihm war kein einziges Pferd geblieben. Er hatte nichts, mit dem er ihnen hinterherjagen konnte.

Und während Nori, Asa und die anderen durch den Mondschein galoppierten, wurde der Mann namens Mardok kleiner und kleiner, bis er nur noch ein winziger Punkt in der Ferne war und schließlich ganz verschwand.

Die Wege trennen sich

Es dauerte eine ganze Weile, bis sich ihre Freude endlich Bahn brach. Und sie tat es auch nicht in Form von ausgelassenem Jubel oder heiterem Gelächter. Nori verspürte keine Befriedigung darüber, dass ihr Plan aufgegangen war. Er war lediglich erleichtert, dass sie alle mit dem Leben davongekommen waren.

Seinen Mitschülern schien es ähnlich zu gehen. Nicht nur Ryu, auch Asa und Tenzo waren ausgesprochen nachdenklich und wortkarg. Genau wie Kuro. Für ihn ging ein großer Abschnitt seines Lebens zu Ende, denn er würde sich nie wieder in die Nähe seines Hofes wagen können.

Und so wechselten sie kaum ein Wort, während sie im Vollmondschein die Landstraße in westlicher Richtung entlangritten. Kuro hatte diese Richtung aus zweierlei Gründen gewählt: Zum einen konnten sie so schnell großen Abstand zwischen sich und die Männer aus Kazara bringen. Zum anderen mussten sie für den Fall vorsorgen, dass die Soldaten ihren Spuren folgten. Das würde zwar ein ausgesprochen mühsames Unterfangen sein, denn die Fremden hatten keine Pferde mehr. Aber ausschließen ließ es sich nicht – und deshalb durften Nori und die anderen keinesfalls auf direktem Weg in das geheime Tal zurückkehren. Die Schule der Schatten war schließlich der letzte Ort, den Soldaten aus Kazara entdecken sollten.

Irgendwann lenkte Asa ihren Araberfuchs neben das Pferd, auf dem Kuro ritt, und sprach ihn vorsichtig an.

»Entschuldigt, Kuro, darf ich Euch eine Frage stellen?«

»Asa, bitte erspare mir und dir diese förmliche Anrede.« Kuro lächelte matt, dann blickte er zu Tenzo und Ryu, die nun auf der anderen Seite von ihm ritten. »Ihr vier hättet euch einfach davonschleichen können, doch ihr habt es nicht getan. Stattdessen habt ihr euer Leben riskiert, um meines zu retten. Ich bin euch zu tiefstem Dank verpflichtet und werde für immer in eurer Schuld stehen.« Er verbeugte sich zu beiden Seiten, zuerst vor Asa und Nori, dann vor Tenzo und Ryu.

Sie schwiegen eine Weile, dann nahm Asa einen neuen Anlauf. »Also, Kuro, darf ich dir eine Frage stellen?«

»Natürlich«, entgegnete Kuro. »Jede, die dir auf dem Herzen liegt.«

»Was hast du jetzt vor?«

Kuro ließ sich mit der Antwort Zeit. »Ich denke, ich werde Richtung Niyaka reiten.«

»In die Hauptstadt?«, fragte Nori überrascht. »Ich dachte, du wärst ein Landmensch, Kuro.«

»Das bin ich auch, Nori. Es sind eher praktische Gründe, die mich dazu veranlassen. Mein Neffe züchtet Pferde, genau wie ich.« Kuro ließ den Blick über die Herde schweifen. »Und wie ihr seht, brauchen meine Tiere dringend einen Stall und eine Koppel.« Er lachte. »Außerdem wohnt mein Neffe nicht direkt in Niyaka. Gleich hinter seinem Anwesen beginnen Wiesen und Felder. Ihr müsst euch also keine Sorgen um mich machen.«

Nori lächelte. Aus Kuro würde kein Stadtmensch werden. Er brauchte Pferde um sich, nicht Menschen.

Schließlich graute der Morgen und der Zeitpunkt des Abschieds kam. Während Kuro weiter der Landstraße nach Westen folgen wollte, zog es Nori und die anderen zur Schule der Schatten zurück. Kuro war der Ansicht, dass sie jetzt bedenkenlos einen Haken schlagen und über die Wiesen und Hügel zurück zu den Bergen reiten konnten. Er verbarg nicht, dass ihm der Abschied schwerfiel. Mit einer Träne im Auge holte er Noris und Ryus Pferde aus der Herde.

»Heute müsst ihr sie noch neben euch hergaloppieren lassen, doch schon bald werdet ihr auf ihnen reiten. Und ihr werdet viel Freude mit ihnen haben.«

Nori blickte auf seinen Lichtfuchs, und obwohl er großen Respekt vor dem Reiten hatte, glaubte er, dass Kuro recht behalten würde. Der Züchter hatte wirklich ein besonderes Pferd für ihn ausgesucht.

»Es war eine Gnade der Vorsehung, dass ihr beide schon erfahrene Reiter seid.« Kuro blickte zu Asa und Tenzo. »Ohne eure Hilfe hätte ich meine Herde kaum mitnehmen können. So aber konnten wir vielleicht sogar die Pläne dieser Soldaten vereiteln. Ihrer Pferde beraubt, werden sie sich womöglich auf den Rückweg nach Kazara machen.« Er seufzte. »Ich hoffe es jedenfalls.«

»Was meinst du, weshalb sie nach Isantaj gekommen sind?«, fragte Asa.

»Um einen geheimen Auftrag auszuführen. Aber um was es dabei geht?« Kuro zuckte mit den Schultern. »Das wussten nicht einmal die Soldaten, neben denen ich gelegen bin. Ihr Anführer hat sie bewusst im Unklaren darüber gelassen.« Kuro versank in Gedanken, doch dann kam auf einmal wieder Leben in ihn. »Erzählt Sensei Okuse davon. Wenn jemand weiß, was das alles bedeutet, dann er.«

Nori nickte. Dann fiel ihm plötzlich etwas ein. »Dieser Mann, Mardok. Er hat im Schlaf den Namen des Senseis genannt.«

Überrascht blickten ihn die anderen an.

»Erstaunlich«, murmelte Kuro. »Aber ich nehme an, der Sensei wird sich auch hierauf einen Reim machen können. Erzähle es ihm, Nori. Unsere Wege trennen sich nun.« Kuro lächelte traurig. »Bestellt dem Sensei meine besten Grüße. Und falls euch das Schicksal eines Tages in die Nähe von Niyaka führt … Kommt mich besuchen. Ich würde mich freuen, meine Retter wiederzusehen. Und ihre Pferde.«

Er verbeugte sich noch einmal, dann ritt er um die Herde herum und brachte sie mit lauten Rufen dazu, sich wieder in Bewegung zu setzen.

Nori und die anderen sahen ihnen nach, wie sie auf der Landstraße in Richtung Westen verschwanden. Dann lenkten Asa und Tenzo ihre eigenen Pferde in Richtung Grasland.

Noris Lichtfuchs und Ryus Rappen folgten ihnen auf Schritt und Tritt und blieben auch an ihrer Seite, als sie längst über das grüne Grasmeer galoppierten.

Zurück in der Schule der Schatten

Als sie aus der Koppel von Kuros Hof geprescht waren, hatte Nori instinktiv die Arme um Asas Taille geschlungen. In den Momenten, in denen der Mann mit der Narbe hinter ihnen hergerannt war, hatte er nicht darüber nachgedacht, was er tat. Aber jetzt, wo sie niemand mehr verfolgte und er nicht mehr um sein Leben fürchten musste, dachte Nori darüber nach. Noch immer hatte er die Hände an Asas Taille – aber war ihr seine Berührung insgeheim vielleicht unangenehm? Ihm war sie es nicht, im Gegenteil. Aber er schämte sich ein bisschen dafür, dass er es nötig hatte, sich an ihr festzuhalten. An ihr, die ihren Araberfuchs so sicher und behände lenkte, als würde sie ihn schon seit Jahren reiten.

»Wo hast du das eigentlich gelernt?«, fragte er Asa. »So zu reiten, meine ich.«

»Zu Hause«, sagte Asa langsam. »Meine Schwester und ich – wir bekamen unseren Vater oft wochenlang nicht zu Gesicht. Und dann war er auf einmal da. Einfach so, ohne dass wir es vorher wussten. Jedes Mal, wenn wir draußen spielten und ihn plötzlich die Straße entlangreiten sahen, stürmten wir auf ihn zu. Und jedes Mal sprang er auf der Stelle vom Pferd, um uns zu umarmen. Und dann setzte er uns auf seine Stute und führte uns zum Haus, während die Nachbarskinder große Augen machten.« Asa drehte sich nicht um, aber Nori glaubte zu erkennen, dass ein wehmütiges Lächeln auf ihren Lippen lag. »Tja, und später, als wir älter waren, zeigte er uns dann, wie man richtig reitet. Er hat uns auch ein wenig über die Künste der Ninja erzählt – aber darum mussten wir ihn stets anbetteln. Um Reitunterricht nicht.«

Nori betrachtete Asa, die offenbar ganz vergessen hatte, dass er da war. Sie schien in Erinnerungen versunken zu sein, und er beschloss, sie nicht zu stören. Es war schön zu hören, dass sie und ihr Vater ein so inniges Verhältnis hatten.

Auch er liebte seinen Vater, ebenso wie seine Mutter, aber seine engste Bezugsperson war von klein auf sein Großvater gewesen. Während seine Eltern auf den Feldern gearbeitet hatten, hatte sein Großvater zu Hause auf ihn aufgepasst, ihm Geschichten erzählt, ihm Holzspielzeug geschnitzt und ihn versorgt, wenn er krank war. Später hatte er ihm beigebracht, wie man rechnete, las und schrieb. Er war eingeschränkt gewesen, mit nur einem Bein, aber das hatte ihn nicht davon abgehalten, Nori ein guter Großvater zu sein. Und ein guter Freund. Vor vier Jahren war er gestorben, und Nori fragte sich, was sein Großvater sagen würde, wenn er ihn jetzt sehen könnte. Wäre er stolz auf ihn? Vermutlich.

»Nori«, sagte Asa irgendwann unvermittelt, »wo genau hast du dich eigentlich versteckt, als der Betrunkene durchs Haus getorkelt ist?«

Er erzählte ihr, wie er im Vorratsraum hinter einem Fass gekauert hatte, ehe er die Flucht nach vorne angetreten hatte. Wie er an den schlafenden Männern vorbeigekommen war, indem er seitwärts wie eine Krabbe gegangen und schließlich wie ein Kranich über die verräterisch knackenden Nussschalen gestiegen war. Er fasste sich kurz, denn für Asa, die so entschlossen und selbstsicher auftrat, stellte gewiss nichts davon etwas Besonderes dar.

»Als Ryu seine Sachen gepackt hat und verschwinden wollte«, sagte Asa nach einer Weile, »hast du gemeint, dass du vor jeder Übung Angst hast, Nori. Angst, nicht mit uns anderen mithalten zu können.«

Nori antwortete nicht.

»Du brauchst nicht länger an dir zu zweifeln. Du hast dich großartig geschlagen in Kuros Haus.« Asa nahm eine Hand vom Zügel und drehte sich zu ihm um. »Du bist zu Recht auf der Schule der Schatten, Nori.«

Nori blickte in Asas braune Augen und sah, dass sie es ernst meinte. Er lächelte, weil er nicht wusste, was er sagen sollte. Vor allem aber, weil er glücklich war. Asa war aufrichtig überzeugt davon, dass er das Zeug zum Ninja hatte. Und wenn *sie* nicht an ihm zweifelte – dann musste er es auch nicht tun. Oder zumindest nicht mehr ganz so oft.

Asa erwiderte sein Lächeln, dann drehte sie sich wieder nach vorne. Sie ritten über Wiesen und Hügel, und Nori genoss es, sich einfach tragen zu lassen. Er musste nichts weiter tun, als sich an Asa festzuhalten. Er war müde und erschöpft, aber jetzt durchströmten ihn auch Glücksgefühle. Er freute sich auf die Rückkehr in die Schule der Schatten. Er freute sich auf das Wiedersehen mit Sensei Okuse, Jotta, Aki und Ikki.

Am meisten aber freute er sich über das, was Asa zu ihm gesagt hatte.

Schließlich erreichten sie den Fuß des Berges, hinter dem das versteckte Tal lag, und Nori nahm fast schon widerwillig die Hände von Asa.

»Danke«, sagte er, als er vom Pferd stieg.

Asa lächelte. »Gerne«, sagte sie und schwang sich aus dem Sattel.

Nori nahm seinen Lichtfuchs am Zügel, der genau wie Ryus Rappen nicht von ihrer Seite gewichen war. Und wie Ryus Hund, der so ausdauernd gerannt war, als wären seine Beine so lang wie die eines Pferdes. Bax musste noch viel, viel müder sein als sie.

Ryu, der ebenfalls abgestiegen war, liebkoste ihn mit einer Hand, während er mit der anderen die Zügel seines Rappen hielt.

Nori musste lächeln. Nun hatte Ryu also schon zwei vierbeinige Freunde. Aber vielleicht sah er ja auch in ihm und Asa und selbst in Tenzo, mit dem er geritten war, schon so etwas wie Freunde?

Nori schob die Zweige des Bambusstrauches zur Seite, hinter dem der geheime Trampelpfad begann. Er musste an Kuro denken, der das bei ihrem ersten Zusammentreffen getan und ihm so den Weg zur Schule der Schatten gezeigt hatte.

Er hoffte, dass Kuro die Schrecken der vergangenen Nacht irgendwann vergessen konnte. Und dass er unweit der Hauptstadt ein ruhiges, angenehmes Leben mit seinen Pferden führen würde.

Noris Lichtfuchs ließ sich von ihm ohne Widerstand über den ansteigenden Trampelpfad führen. Als sie den Gipfel des Berges erreicht hatten, stand die Sonne schon hoch am Himmel. Nori blickte in die Richtung, in der sich Kuros Haus befand. Seine Augen fanden den langen, dunkelgelben Strich, der nichts anderes als die Landstraße nach Kazara war. Doch unweit des langen, dunkelgelben Strichs stieg eine dunkelgraue Rauchsäule zum Himmel auf. Die Soldaten aus dem Nachbarreich hatten Kuros Hof also tatsächlich in Brand gesteckt.

»Diese Schweine«, sagte Tenzo grimmig. »Das zahlen wir ihnen heim.«

»Vielleicht tun wir das eines Tages«, sagte Asa nachdenklich.

»Doch ich wäre froh, wenn wir nicht so bald Gelegenheit dazu bekämen. Wegen mir können sich diese Soldaten gerne in Kazara verkriechen.«

Sie betrachteten noch eine Weile die Rauchsäule am Horizont, dann machten sie sich an den Abstieg ins verborgene Tal. Nori war überaus neugierig darauf, was der Sensei zu alldem sagen würde.

Als sie die Schule der Schatten erreichten, saß Sensei Okuse mit geschlossenen Augen unter dem Gingkobaum und meditierte.

»Da seid ihr ja wieder, meine Schüler«, sagte er, ohne die Augen zu öffnen. »Ihr habt euch also entschieden, in Kuros Stall zu übernachten.«

Nori und die anderen wechselten unsichere Blicke. Keiner von ihnen wusste, wie sie am besten mit ihrer Geschichte anfangen sollten.

Der Sensei machte die Augen auf und sah ihnen sofort an, dass etwas Schlimmes und Bedeutendes vorgefallen war. Er schnellte in die Höhe und kam auf sie zu.

»Was ist passiert?«

»Soldaten«, sagte Asa. »Soldaten aus Kazara.«

Und dann erzählten sie Sensei Okuse von den Reitern aus dem Osten. Von ihrem Versteck im Stroh. Von Kuro, der gefesselt und geknebelt am Boden gelegen hatte. Von ihrem geglückten Versuch, ihn zu befreien und auch die Pferde mitzunehmen. Von dem Wappen, das auf den Schwertscheiden dieser Männer prangte. Von dem geheimen Auftrag, wegen dem die Soldaten nach Isantaj gekommen waren. Und von dem Mann mit der Narbe, der sie angeführt hatte.

»Eine Narbe?« Der Sensei legte den Kopf schief. »Auf welcher Wange befindet sie sich?«

»Auf der linken«, sagte Nori. »Sie reicht beinahe vom Auge bis zum Mund.«

Sensei Okuse sagte nur ein Wort. »Mardok.«

»So heißt er, ja!«, platzte es aus Nori heraus. »Sensei, dieser Mann hat im Schlaf Euren Namen gesagt!«

»Er hat was?« Sensei Okuses Augen weiteten sich.

»Er hat euren Namen genannt.«

»Hmm, wer hätte das gedacht? Ich wusste nicht einmal, dass er meinen Namen kennt«, murmelte der Sensei nachdenklich. »Andererseits ...« Er schaute ihnen unvermittelt in die Augen. »Diese Narbe ... Mardok hat sie von mir.«

»Ihr habt die Klinge mit ihm gekreuzt?«, entfuhr es Tenzo.

Sensei Okuse sah ihn ernst an. »Das habe ich, ja. Und ein weiteres Mal habe ich es verweigert. An die zwanzig Jahre ist das mittlerweile her.«

»Wie kam es dazu?«, wollte Asa wissen.

»Damals herrschte Krieg zwischen Kazara und Isantaj.« Der Sensei machte eine Pause. »Ich werde euch erzählen, was damals passiert ist. Aber nicht jetzt. Im Augenblick gibt es Wichtigeres als alte Geschichten.«

»Habt Ihr denn eine Ahnung, was die Männer aus Kazara in Isantaj wollten?«, fragte Nori.

»Das, Nori, ist die entscheidende Frage – doch im Augenblick weiß ich bedauerlicherweise keine Antwort darauf.« Der Sensei seufzte. »Ich muss eine Nachricht in die Hauptstadt schicken und Maßnahmen ergreifen.« Er sah ihnen fest in die Augen. »Ihr habt unserem Land einen großen Dienst erwiesen. Denn nun wissen wir, dass der Kaiser von Kazara etwas Finsteres im Schilde führt. Das heißt leider nicht, dass wir es verhindern können. Doch zumindest sind wir gewarnt.«

»Meint Ihr …« Ryu zögerte. »Meint Ihr, es wird wieder Krieg geben?«

Sensei Okuse schüttelte den Kopf. »Diese Frage vermag ich ebenfalls nicht zu beantworten. Aber im Bereich des Möglichen liegt es – leider.« Er holte tief Luft. »Und nun entschuldigt mich bitte. Ich habe einen wichtigen Brief zu schreiben.«

»Und was sollen *wir* tun, Sensei?«, fragte Asa.

»Ihr?« Der Sensei lächelte matt. »Ihr habt Großes geleistet und ich bin mehr als stolz auf euch. Ruht euch jetzt aus. Morgen früh, meine Schüler, machen wir mit dem Unterricht weiter.« Mit einem Mal verfinsterte sich seine Miene. »Ich fürchte, unser Land wird schon bald seine Schatten brauchen.«

Andreas Langer ist gelernter Journalist und arbeitete als Lokalredakteur und Werbetexter, bevor er begann, Bücher für junge Leser zu schreiben. Statt über Gemeinderatssitzungen und Firmenjubiläen zu berichten, erzählt er jetzt von phantastischen Welten. Mit seiner Frau, drei Kindern und zwei dreifarbigen Katzen lebt er in einer Kleinstadt im bayerischen Schwaben.